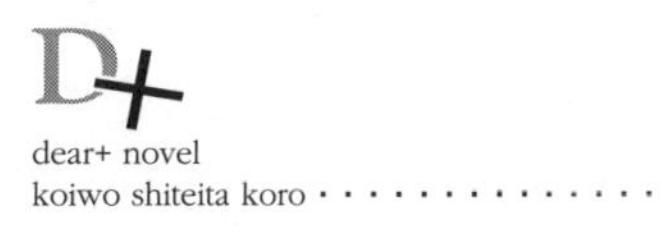

恋をしていたころ

安西リカ

新書館ディアプラス文庫

恋をしていたころ

contents

illustration : 尾賀トモ

恋をしていたころ

1

エントランスのドアを開けると、思いがけないほど冷たい風がスーツの襟元を吹き抜けた。
思わず首をすくめ、永森一葉は「そりゃそうだ、一月だ」と心の中でつぶやいた。オフィスのパブリックスペースは天窓からふんだんに陽光が降り注ぐので、晴れた日はつい外の寒さを忘れてしまう。

「今日はわざわざお運びいただきまして、ありがとうございました」

施工主夫妻がエントランスに出てきた。一葉は笑顔を浮かべて挨拶をした。

「こちらこそ、長いことありがとう」

「またご連絡差し上げますので、ご検討よろしくお願いいたします」

一葉の勤める「建築設計スタジオW」は表通りに面している。並びは洒落たブティックの入るファッションビルやギャラリーカフェで、その中でもガラスとコンクリートと鉄で構成されたいかにもな建築設計事務所の建物は目を引き、このあたりのシンボルマーク的な存在だった。

透かし模様の入った凝ったアイアンの階段を夫妻のあとから下りていき、駐車場から車が出ていくのを見送って、ようやくほっと一息ついた。

「永森さん、お疲れさまです」

「休憩行ってきます」

オフィスに戻るとちょうど昼の時間帯で、後輩がランチに出ていくところだった。ふたりともちゃんと防寒コートを手にしている。

都内にいたころは天気のいい昼間は近くのカフェくらいまではコートなしでも平気だったが、この地方都市では無理だ。有名観光地を擁していることもあり文化的な水準は高いが、冬は中心部でもかなり積雪するし、底冷えがする。

休憩の前に、今終えたばかりの打ち合わせを軽くまとめておこうと自分のブースに戻り、一葉はなにげなくパソコンのメーラーをチェックした。打ち合わせが長引いたので、いくつか新着が溜まっている。

急ぎのものだけピックアップしようと件名を流すと、一件異質なものが混じっているのが目についた。「岩崎邸資材確保のお知らせ」や「見積概算書のお届け」の間に「お久しぶりです」という件名が入っている。

「――え？」

迷惑メールだろうと思いながら、一応差出人の名前に目をやって、一葉は削除にカーソルを合わせかけていた手を止めた。

ＩＷ施工設計事務所・仁科智之。

見間違いじゃないかと驚いたが、それは確かに一葉が学生時代につき合っていた男の名前だった。

　仁科とは大学院で出会い、一葉が地元で就職するのを機に別れた。

　あとにも先にも同性と恋愛関係になったのは仁科だけで、今でもときおり彼のことを思い出していた。が、向こうはとっくに自分のことなど忘れていると思っていた。もし忘れていないとしても、それは決していい意味ではないはずだ。一葉はメールを開けるのをためらった。

　仁科は明るく、強いまなざしをした男だった。眉が濃く、唇が厚く、決して造作の整った美形ではなかったが、立っているだけで「あれは誰だろう」と思わせる存在感があった。タウン誌のファッションページや美容院のカタログでモデルを頼まれたりするわりに印象の薄い自分とは正反対だ。実際、それを裏付けるだけの才能や実力を持っていた。

　別れたあとも仁科の名前はあちこちで目にし、その活躍ぶりは知っていた。ＩＷ施工設計に在籍しているのも建築家として一流の証(あかし)だ。一葉はしばらくメールの差出人の名前を見つめた。

　別れてからは一度も会っていないし、声も聞いていない。彼はプライドが高かった。別れても時々は会って、お互いの近況を報告し合えるような関係になれたら——と甘いことを考えていたが、そんな希望は見事に打ち砕かれた。

　終わりにしようと決めたのは自分なのに、仁科があまりにあっさりと了解して、なんの未練も見せなかったことに、一葉は内心傷ついた。今思えば自惚(うぬぼ)れが恥ずかしいが、引き留められると思っていて、どうやって別れを了承してもらおうかと悩んでいたのだ。

実際は話し合いすら必要なかった。じゃあこれで、と仁科の部屋から出ると、それで全部が終わってしまった。

地元に戻って就職したあとも、しばらくは研究室の同期会やお祝い事などがあるたび上京していたが、一葉が参加の意思表示をすると仁科のほうが欠席する。避けられているのだ、と気づいたときはかなり落ち込んだ。

でもそれで仁科を完全に諦めることができた。

今でも仁科の名前を見聞きするとかすかに胸が痛むが、きっぱりと切り捨てられたことで気持ちの整理はつけやすかった。そもそも別れたあとでもいい関係を保てるほうが珍しいのだ。

数年たつとどんどん仕事がプライベートの時間を奪うようになり、研究室の親しかった友人たちもそれぞれの道に進んで連絡が間遠くなった。気づくとここ二年ほどはまったく誰とも会っていない。一番親しくしていた同期の綿貫(わたぬき)とだけはたまに近況を知らせ合っていたが、それも綿貫のほうが忙しく、このところやりとりは途切れがちだった。

軽く緊張しながら、とりあえず一葉はメールを開けた。

ビジネス用の書式が目に飛び込んできて、また一瞬差出人を勘違いしていたのかと思いかけた。が、形式的な挨拶(あいさつ)のあと「突然ですが、近々そちらに出かける予定があります。永森さんがご迷惑でなければ食事でもご一緒できないかと思い、連絡させていただきました」とあって、一葉はさらに驚いた。

もしかして手の込んだ詐欺かなにかじゃないかと疑いかけたが、メールには携帯番号とオフィスの専用連絡先まで記載されている。

念のためにIW施工設計事務所の公式ページで確認すると、メールに添えられていたアドレスとサイトの仁科の個人アドレスは一致していた。

在籍建築家一覧には、名前や経歴とともに顔写真も並んでいる。

仁科はコントラストのはっきりしたモノクロでまっすぐこっちを見ていた。癖毛をラフにかきあげた髪型は昔と同じだが、プロの手が入っているのか、どことなくスタイリッシュだ。

存在感のある強い目に、懐かしさがこみあげてくる。

いちは、と自分を呼ぶ仁科の声が耳によみがえった。

仁科は身なりに無頓着な男だった。髪は自分で適当に切るし、冬はタートルネックのグレイのセーター、夏は黒いTシャツに年中同じくたくたのジーンズを穿いていた。そのくせ肌触りにはうるさい。「絶対にこれでないとだめなんだ」というなんの変哲もないセーターとTシャツはどちらもイギリスのハイブランドのもので、信じられないほど柔らかな手触りだったが、そのぶん値段もすごかった。仁科は「俺は素材と、簡単には廃番にならないことに金を払ってるんだ」と言っていた。老舗ブランドの定番アイテムは確かに入れ替えがロングスパンだ。身に着けるものだけでなく、仁科は身の回りのものも絶対にこれだ、と決めたらそれしか使わない。

「俺は、いちはじゃないと絶対だめだ」

だからその言葉も、なんの疑問もなくストレートに受け取って信じていた。

記憶が次の記憶につながり、懐かしい本をめくるように次々に思いだす。別れたときの情景が浮かんで、一葉は無意識に息を止めていた。

地元に戻る決断をして別れを告げたときも、仁科はいつものグレイのセーターにジーンズを穿いていた。癖の強い黒髪が伸びすぎていて、大きな手が前髪をかきあげると強い目があらわになった。もう終わりにしよう、と告げた一葉を睨みつけるように見つめ、それからすべての表情を消して横を向いた。

あれからもう七年も経つ。

時間が彼の気持ちをやわらげ、懐かしさから会いたいと思ってくれるようになったのなら、一葉は嬉しい。

彼の仕事ぶりを見聞きするたびにすごいな、と感心していた。直接会ってそんな話ができるのなら、ぜひそうしたい。

一葉はもう一度仁科からのメールを読み返し、それから椅子に座り直した。連絡をくれたことの礼と、もし予定が合うようならぜひお会いしたい、と丁寧な文面で返信した。

アジアの国立劇場の設計に携わるような建築家と地方の建築設計士とでは、住む世界が違う。でも今はもう昔のようなコンプレックスは感じなかった。住む世界が違っていても、そこには優劣も上下もない。ただ違う、というだけのことだ。

七年前にも頭ではわかっていた。でも今のようにそれをごく当たり前に受け止めることはできなかった。しかたがない。若かったし、あまりに仁科の近くにいすぎた。

送信完了を確認すると、一葉は思いついて綿貫にもメッセージを送った。

綿貫は学生時代に仁科とつき合っていたことを知っている唯一の友人だ。学部生のときから仲良くしていて、仁科とつき合っていたころは何回か三人で飲みに行ったりもした。一葉は地元で就職したので東京組とは多少距離ができてしまったが、幹事気質の綿貫は今も研究室の同期たちとマメに交流しているようだ。

いつも使っているトークアプリで、「仁科からメールがきて、近いうちに会えるかもしれない」と綿貫に伝えながら、一葉は自分が浮かれているのに気がついた。

別れを決めたとき、一葉は仁科を思いやるだけの余裕がなかった。引き留めようともしなかったことを考えれば、自分が思っていたほど仁科のほうでは一葉に執着していなかったのだろうが、それでもあまりに一方的すぎた。仁科が怒って当たり前だ。謝ることができたらきっと胸のつかえもおりる。

いい気分で打ち合わせの内容をまとめ終え、さて休憩に入ろう、と立ち上がりかけたときにスマホが着信した。綿貫からだ。

向こうも昼休憩の時間だったらしく「今ちょっと話せるか?」とある。仁科のことだな、と弾んだ気分のまま綿貫に通話をかけると、すぐに『おー永森、久しぶりだな』と聞き慣れた声がした。

　そして思いがけない話を聞いた。

2

　都会では駅を中心に繁華街が広がるが、車社会の地方都市ではかつての城下町がそのまま人の集まるエリアになることが多い。

　一葉が仕事の接待でよく使うイタリアンの店も、駅からかなり離れていた。仁科にはタクシーを使ってください、と店の地図も添えて連絡をした。

　朝から一葉は緊張していた。

　突然のメールをもらってから十日あまりが経った。

　その間、数回やりとりをして、結局土曜の夜に会うことにした。お互いにビジネスメールのような文面で、一度も直接話してはいない。綿貫から仁科に関する話を聞いたあと、一葉はいろいろ考えこんだ。

　それでも仁科に会えるのは素直に嬉しい。

　夕方まで顧客の自宅で打ち合わせがあり、会社に車を戻してそのあとタクシーで店に向かった。予約していた個室に落ち着いてしばらくすると、長身の男がウェイターに案内されてやってきた。仁科だ。緊張できゅっと胃のあたりが収縮した。

「こんばんは」

なんと声をかけようかと迷いながら立ち上がった一葉に、仁科が先に挨拶をしてきた。深みのあるバリトンに、一気に過去が押し寄せる。

仁科は外見上は七年前とほとんど変わっていなかった。癖の強い黒髪をラフにかきあげていて、前髪の下から鋭い目がのぞいている。その強い目で見つめられると、まるで捕らえられたような気分になった。それも昔と同じだ。

「――お久しぶりです、仁科さん」

彼がどう思っていても、一葉の気持ちはそうとしか言えない。

タートルネックのグレイのセーターとデニムを身に着けている仁科は、まるで七年の月日を飛び越してきたようだった。でもじっと自分を見つめる表情にはわずかに戸惑いが浮かんでいる。

仁科の目に、今自分はどういうふうに映っているのだろう。もう一度椅子にかけながら、一葉は無意識に背筋を伸ばした。少なくとも彼は「久しぶり」だとは思っていない。

――緘口令が敷かれてるけど、おまえには話しとかないとと思って、こっちからも今日あたり連絡入れようと思ってたんだ。

こみいった話になるから、と綿貫はあの日の夜、改めて電話をくれた。

——高次脳機能障害、っておまえも聞いたことあるだろ?

「お怪我は、たいしたことがなかったんですね。綿貫から話を聞いています」

「ええ」

あらかじめコースを頼んでいたので、飲み物を確認して、ウェイターはすぐ個室から出て行った。一葉が切り出すと、仁科は小さくうなずいた。

「身体のほうはもうなんともありません」

仁科はひと月ほど前、交通事故に遭っていた。帰宅途中のタクシーが衝突事故を起こし、救急車で運ばれたという。

幸い軽傷ですぐに退院したんだけどな、と電話の向こうで綿貫はそこで声のトーンを落とした。

——ざっくり「記憶喪失」ってやつだ。俺も聞いた話だから正確じゃないけど、部分想起障害、だったかな。自分のことはわかってる。仕事も問題ない。ただ周りの人間に関する記憶が軒並み消えてるらしいんだ。俺のことも最初はぜんぜん覚えてなかった。

「綿貫…、から、永森さんに事情を説明しておこうかと提案があったのでお願いしました」

綿貫とはずっと交流があったはずなのに、気軽に呼び捨てにしにくいほど、その実感はないらしく、仁科はわずかに「綿貫」の名前を言いよどんだ。

「綿貫のことは思い出したとうかがいましたが」

仁科はわずかに眉を寄せ、しばらく黙っていた。

「…七割、くらいです」

記憶が失われる感覚がどんなものか、一葉には想像もつかない。

一葉の知っている仁科と目の前の仁科は確かに同じ人間なのに、手触りが違う。明るく自信に満ち、言葉に迷いのなかった仁科が言いよどんだり、曖昧(あいまい)な反応をするのが不思議だった。環境の変化や時間の経過で誰しも多少は変わるだろうが、仁科の場合は記憶の欠落が大きく影響しているのだろう。綿貫からあらかじめ話を聞いていたのに、一葉も「本当に俺のことわからないんだ」とショックを受けた。

「主治医からは徐々に思い出すから必要以上に心配しないようにと説明を受けていて、実際、事務所のスタッフや家事代行サービスのかたのことは比較的すぐに思い出しました。日常的に接していた人は想起しやすいということのようで——ただ、しばらく会っていない人のことは思い出すのが難しいようです。離れて暮らしてるので、家族のこともぜんぜん思い出せない」

仁科の口調にわずかに苛立(いらだ)ちがにじんだ。

つまり、七年も音信不通だった自分のことなど、仁科にとっては初対面も同然ということだ。実際、仁科の態度は面識のない相手に対するものだ。

——たぶん、自分の日記かなにかを読んだんだと思うけど、この前、永森(ながもり)一葉という人と自分はどういう関係だったのかってそれとなく訊かれたんだ。俺が勝手にしゃべっていいことじゃないと思ったから、本人に訊いたほうがいいって答えた。おまえに連絡がいく前に事情を説明しとかないとなと思ってたんだけど、俺もここんとこばたばたしてて、遅くなって悪かった。

そして、仁科はメールをよこし、こうして一葉の前にいる。

「僕のことは、ぜんぜん覚えていらっしゃらないんですね？」

覚悟していたが、仁科が申し訳なさそうにうなずいて、一葉は自分でも驚くほど落胆した。別れたときの仁科の未練のなさを知っているのに、まだ自分のことだけは特別で、顔を見れば思い出してくれるんじゃないかとどこかで期待していたらしい。

「お仕事のほうは、大丈夫なんですか？」

ウェイターがアペリティフと前菜を運んできて、一葉はひとまず仕事のほうに話を変えた。

「綿貫からは、仕事のほうには大きな影響はないと聞きましたが」

「ええ。僕の場合は部分的な記憶障害で、仕事面はほとんど影響ありません。それに、不幸中の幸いというか、ちょうど大きな案件を終えた直後で、もともとまとまった休みをとるつもりで調整していたんです。主治医に休養を勧められたのもあって、上司や産業医とも相談して、ひとまず半年ほど療養することになりました」

優雅な形をしたグラスを手に取って、仁科はアペリティフを一口飲んだ。そのしぐさは昔のままだ。

仁科はわかりやすい贅沢はしなかったが、食事のしかたやちょっとした嗜好で、彼が名門と言われる一族出身だということを思いださせた。

昔と同じ流れるような仁科の手の動きに、一葉は昔と同じように見惚れた。

「…退院して自分のマンションに帰ってから、古いパソコンとか携帯とか、ぜんぶ中身を見てみたんです。比較的すぐ思い出せた人も、まったく思い出せない人もいて、変な感じでした。今もそうなんですけどね」

当たり前のことだが、七年前の仁科とは話しぶりは少し違う。昔はこんなふうにゆったりとは話さなかった。年齢を重ねて当たりが柔らかくなったところもあるのか、と一葉は無意識にかつての恋人の面影を探していた。

「あなたのお名前は、最初は学生時代のメーリングリストで見て知りました。でもあなたと個人的にやりとりした形跡はなかったし、忘備録のたぐいにもあなたの名前は出てこなかったので、ただ研究室で一緒だった人なのだろうと思っていました。でも、先日、院生時代の集合写真が出てきて、そこに映っている永森さんを見て疑問を持ちました。——失礼を承知で白状しますが、とても好みだったので、なぜこの人とぜんぜん交流がないのか疑問に感じたんです。自分なら絶対に近づきになろうとしたはずで、だから僕がなにかまずいことをして、この人に嫌われたかなにかだろうかと考えました」

好みだったので、という言葉に、一葉は耳のあたりが熱くなった。やはりこれは仁科だ。率直で思ったままを口にする彼に、一葉はいつも強く惹かれた。

「気になって研究発表の写真とか、ワークショップのときのスナップとか探したら、逆にあなただけが見つからないんです。メーリングリストの返信とかナンバリングしているファイルの欠番とかも見つかって、自分で自分のことを推理するなんてばかばかしいんですが、あなたに関係しているものだけ消してるんじゃないかと疑いました。それで削除しているプライベートの連絡先を復元したら、もう使われていない番号でしたが、いちは、という名前が登録されていました」

仁科の口から「いちは」という懐かしい呼び名が出て、一葉は思わず息を呑んだ。仁科はじっと一葉を見つめた。

「……失礼な推測かもしれませんが、「いちは」というのは、永森さんの「かずは」というお名前の愛称なんじゃないでしょうか」

仁科はほぼ確信している。綿貫の「本人に訊け」という反応からも、そういうことだと思ってここに来ているはずだ。

一葉も隠すつもりはなかったし、むしろ自分から切り出したほうがいいのかとすら考えていた。それなのに、いざ打ち明けようとすると思い切りが必要だった。

「……二人きりのときだけ、そう呼んでいたんです」

予想していたはずだが、それでも一葉の返事に、仁科はわずかに目を見開いた。

「あなたがK大からうちの院に入ってこられて知り合って、…一年半ほど交際していました」

仁科の視線がそれた。

グラスの脚に手を添えて、なにか考えこんでいる。まったく初対面としか思えない相手が自分の過去の恋人で、自分の記憶にないプライベートなことをぜんぶ知っている、というのは心地のいいものではないだろう。

ややして仁科がカトラリーを手に取った。自分の推測が当たっていたことで、一応の決着がついた、というように肩から力が抜けている。一葉も彼に倣って前菜に手をつけた。どんなときでも食欲だけはなくさないのに、さすがに今はあまり食べる気がしない。

「ここ数年交際していた人たちのことは、写真を見たり、会ったりしたらなんとなく思い出したんです。でもあなたのことだけは、ぜんぜんだめで…」

前菜の次にスープがやってきて、仁科が残念そうにつぶやいた。

「七年も前のことですから」

とりなすように言いながら、自分のことだけが思い出せない、という言葉に、一葉は性懲りもなく落胆した。ここ数年交際していた人たち、という言葉にも今さら反応してしまう。

「会っていない期間が長いほど思い出せなくなるというのは、別に記憶障害でなくてもそうですから、当たり前といえば当たり前なんでしょうね」

仁科の言葉にうなずきながら、でも自分は覚えている、と一葉はほんの少し恨みがましい気持ちになった。たぶん一生忘れたりしない。

「永森さんは、今はこちらでお仕事をされてるんですね？」

メインの皿が続けて出てきて、仁科がさりげなく話を変えた。

「ええ。僕は実家が工務店なので、自分も建築関係の仕事をしたいと思って建築学科に入ったんです。本当は学部卒で地元のハウスメーカーに就職できたらいいなと思ってたんですけど、四年のときの研究室があんまり楽しかったので、ついそのまま」

そして他大学から入ってきた仁科と出会った。

しばらくあたりさわりのない話をしながら食事をして、一葉は仁科の洗練された食べかたに、昔の彼を重ねていた。ちょっとした仕草や癖は変わらない。でも年齢のぶんだけ落ち着いた。話し方も穏やかで、なめらかな会話にも大人の余裕がある。

「永森さん」

最後の肉料理の皿が引かれ、仁科が少し改まった。なんとなく彼が次に何を言うのか、予想できていた。

「もし差し支えがなければ、どういう経緯でつき合うことになって、どういう理由で別れたのか、教えていただけないでしょうか」

真摯な眸で見つめられ、一葉は手にしていたナプキンを膝に置いた。

「主治医から、ひとつ大きな記憶が戻ると、芋づる式に他の記憶も戻ることが多いと言われているんです。あなたとのことは、僕にとって大きなことだったはずです。思い出したい」

大きなことだったはず、という言葉に、一葉はすぐには返事ができなかった。自分にとっては確かにそうだ。でも彼にとってはそうでもなかった。

一葉は苦笑して首を振った。

「残念ですが、あなたにとって僕とのことは、そんなにたいしたことじゃなかったと思いますよ。別れたのは僕が地元に戻ることにしたからですが、あなたはそれほど強く引き留めたりしなかったし、別れもあっさりしてました。本当です」

「つき合うことになったのは？」

「それは――」

一葉は口ごもった。

「……なんとなく、そういうことになりました」

一葉の曖昧な返事に、仁科はかすかに首をかしげた。

「俺は、女性は愛せない。あなたは？」

「……同性と交際したのはあなただけです」

「俺だけ？」

「ええ」

いつの間にか仁科は自分を「俺」と言っていた。一葉は急に喉が渇いて、残っていたグラスのワインを一息に飲み干した。

「失礼ですが、永森さんは、ご結婚は」

仁科が自分の手元を見ているのは気づいていた。一葉の指にはなにも嵌っていないが、指輪をしない既婚者も珍しくはない。

「いえ」

仁科がほっとしたのがわかった。一葉は無意識に手を握りしめた。彼から贈られた指輪は、まだ手元に置いてある。

「おつき合いされてる方は？」

「いませんよ」

「そうですか」

わかりやすく仁科の顔が明るくなって、一葉は内心動揺した。

いちは、と自分を呼ぶ仁科の声がまた耳によみがえる。

一目惚れだった、と仁科は言った。

いちはと目が合って、そのあとはもう他の誰も目に入らなくなった。何回出会いをやり直してもそうなるよ。一目見ただけで好きになる。

理屈じゃない、恋ってそういうもんじゃないのか。

3

Ｋ大の仁科智之がうちの院試を受けるかもしれない、と一葉が耳にしたのは、学部四年の春だった。

意匠建築系の学生の間で、彼はすでにちょっとした有名人だった。学生向けの建築コンクールの受賞常連者だったし、彼の祖父は構造建築の第一人者だ。他にも画家や政治家、実業家など、彼の親族には各方面の著名人の名前がずらりと並んでいる。そしてそう遠くない将来、彼自身がさらに「仁科」の名前に箔をつけるであろうことは明白だった。

「なんでわざわざうちに？」

「岩元先生目当てらしい」

「あー、なるほど」

留学するか、師事したい客員教授のいる大学の院に進むかで迷っているらしい、という話で、その仁科が転入希望しているのは一葉が運よく入れた研究室だった。

一葉自身は地元のハウスメーカーで実務を積んで、いずれは独立するという堅実なルートを考えていた。サマーインターンに参加した会社から内々定ももらっていたし、その時点では学部卒で地元に帰るつもりでいた。仁科智之が自分の所属している研究室に興味を持っているらしい、と聞いても「ニアミスだなあ」とミーハー気分で残念に思っただけだった。が、研究室で他の学生たちと切磋琢磨しているうちに、このまま院に進んでもう少し意匠設計を勉強してみたいという意欲が湧いた。

そしてそこで仁科と出会った。

四月のはじめ、まだ春休み期間だったが、他大学から転入してきた学生との顔合わせがあるというので、一葉はいそいそ研究室に顔を出した。転入してきた学生というのはつまり「仁科智之」だ。定員の関係で今年は他大学からの学生を受け入れるのは仁科一人で、それも仁科の卒業設計をコンクールで審査した岩元教授が直接指導することが決まっていた。なにもかもが特別待遇だ。

「永森」

一葉が研究室に入っていくと、もう他の学生たちは集まっていて、中央の作業台を囲んでいた。綿貫が入ってきた一葉に気づいて手招きし、場所を空けてくれた。

「ほれ、見ろよ」

「なに？」

「仁科の卒業設計。あいさつ代わりに見せてくれるって」

「へええ」

作業台には、回遊式の図書館の建築模型が置かれていた。仁科の卒業設計は複数の賞をとっていて、一葉も建築系のウェブサイトで見ていた。みんなしゃがみこんだり顔を近づけたりして、真剣に建築模型に見入っている。一葉も実物を目にして、これが、と興奮した。

ややして、研究室の講師と一緒に仁科がやってきた。

仁科はそのときも黒いロングスリーブのTシャツとくたくたのデニムという恰好だった。背の高い人だな、というのが第一印象で、次にその存在感に圧倒された。彼が現れたとたん空気が変わり、がやがやしていた学生たちもすっと静まった。

「仁科です。K大からこちらに転入してきました。よろしく」

講師に促され、仁科はごくあっさりした挨拶をした。声は伸びやかなバリトンで、自分を注視している学生たちを、特別どうということもない顔で見返している。

「やべーな、仁科」

「噂にたがわず大物感がすげえ」

顔合わせのあと、同じ研究室の仲間は口々にそんなふうに言っていて、一葉もまったく同感だった。

学生がひとりずつ自己紹介するのを、仁科は悠然とした顔で聞いていたが、一葉のときだけわずかに顎を引いた。その強いまなざしに内心どぎまぎして、自分の名前を噛みそうになった。

やっぱり格が違うよなあ、と彼が教務室に去ったあと、一葉はつくづく感心した。これから彼の設計を近くで見ることができるのだと思うとわくわくする。飲み会などで話ができる機会もあるはずだ。

すっかりファン気分でいたが、春休みが終わり、毎日研究室に通うようになると、一葉はうっすら「もしかしたら仁科君に嫌われてるのかもしれない」と思うようになっていた。

指導教官が違うのでこれといった接点はないが、廊下などですれ違うたび、仁科に睨まれる。視線を感じて見ると、仁科がこっちを睨みつけているのと目が合う、ということも何度かあった。

綿貫などは「仁科って、しゃべってみたら気さくだし、けっこう面白いぞ」と話していた。「偉そうなとこはあるけど、ま、本当に偉いからそこはしゃーねーよな」と笑っていて、それならなんで俺だけあんな怖い顔して睨むんだ、と一葉は凹んだ。少しくらいは話ができるかもと楽しみにしていた歓迎会も風邪で欠席してしまって、もしかしてそれで気分を害したのか？と考えたが、欠席したのは一葉だけではないし、いくらなんでもそんなことくらいで目の敵にするとは思えない。

なぜ自分だけが睨まれないといけないのか、嫌われているのなら理由が知りたかったが、正面切って質問する勇気などないし、そもそも本当に嫌われているのかもわからない。

気のせいかもしれないし、とやりすごしているうちに四月も終わりになった。

その日、一葉は半年後に取り壊しが決まった古い市民会館に出かけていた。

当時もてはやされた設計思想に基づいた建造物で、解体工事が始まる前に見ておきたい、と足を運んだ。

朝からよく晴れていて、暑いほどの陽気だった。バス停から徒歩三分とアクセス情報に出ていたが、晴天の下、半球型のつるりとした外観はバスを下りるとすぐ目についた。住宅街を少し行くと、鉄筋コンクリートの外壁に階段が装飾的に取りつけられている様子なども見えてくる。

敷地に入ると、ドーム型の鉄筋コンクリート建築は想像以上に迫力があった。階段や錆(さ)びついた給水ポンプが壁面を這って、ディストピア的な廃墟を思わせる。背景の空があまりに晴れわたっていて、それがさらに異世界を感じさせた。写真では味わえない迫力に、来てよかった、と胸が弾(はず)んだ。

敷地には一葉と同じような見学者がぽつぽついて、それぞれ写真を撮ったりスケッチしたりしている。

一葉も持ってきた一眼レフをバッグから出し、ファインダーをのぞきながら人が入り込まない位置を探した。

そこであれっと気がついた。

仁科がいる。

いつもの黒いTシャツにジーンズ姿の仁科は、小ぶりのスケッチブックを開いて、立ったまま製図用のペンを走らせていた。

どうしよう、と一葉は困惑した。

他の研究室の同期ならすぐに声をかけるところだが、相手は仁科だ。自分なんかにわずらわされたくないだろう。でも気づかないふりをするのもしらじらしい。

一応挨拶だけはしておこう、と一葉はおそるおそる仁科に近づいた。砂利(じゃり)を踏む音に、仁科がスケッチブックから顔を上げた。

「あの、」

挨拶しようと声をかけ、そこで一葉は言葉を呑(の)んだ。仁科がぎょっとして棒立(ぼうだ)ちになったからだ。そのあまりに激しい反応に一葉のほうも驚いた。

「えっと…あの、ごめん、急に」

なぜそんなに驚くのかわからなかったが、集中していたのを中断させてしまったからか、と一葉は焦(あせ)った。ただでも嫌われている気がしているのに、この上うんざりさせたくない。

「ちょっと挨拶だけと思って。あの、邪魔してごめん。それじゃ」

「いや、ちょっと待って」

急いでその場を離れようとしたら、いきなり腕をつかまれた。

「一人?」

「え、う、うん」

びっくりしながらうなずくと、仁科がつかんでいた手を慌てたように放した。

「えっと——偶然、ですね」

一葉は急いで笑顔を作った。が、つい緊張して丁寧語になった。仁科もぎこちなく笑顔を浮かべている。仁科がこんな顔をするのを初めて見た。

「永森君は、今来たとこ？」

意外なほど普通に話しかけられ、一葉は拍子抜けした。

「うん。仁科君がいたからつい声かけちゃって。邪魔してごめん」

「いや、ぜんぜん。永森君、このあと用事ある？」

「え？　いや、特には」

「じゃあ、よかったら昼飯でも食わないか」

「へえぇっ？」

思いがけない誘いに、素っ頓狂（すっとんきょう）な声が出た。近くにいた人がびっくりしたようにこっちを向き、仁科も目を丸くした。一葉は慌てて口を押さえた。

「ご、ごめん」

赤くなった一葉に、仁科が楽しそうに笑って首を振った。

「いや。俺こそ急に誘ったりしてごめん。でも前から永森君と話してみたいなと思ってたから」

「俺と？」

今度こそ驚いた。

「歓迎会で話せるかなって楽しみにしてたんだけど、永森君来なかっただろ。だから」

意外すぎて、一葉はまじまじと仁科の顔を見つめてしまった。

「歓迎会は俺も風邪ひいちゃって行けなかったのすごい残念で——っていうか、俺、仁科君に嫌われてるのかと思ってたよ」

「やっぱり？」

仁科が苦笑した。その表情が妙に格好よく見えて、一葉は内心どぎまぎした。

「話しかけたくてタイミングうかがってただけなんだけど、勘違いされてるような気はしてた」

「そうだったの？」

話しかけたくて？　俺に？　あの仁科智之が？

「じゃあ俺、そのへんで待ってるから。気にしないでゆっくり見学してきて」

「あ、うん。ありがとう」

なんで仁科君が俺なんかを？　と疑問でいっぱいだったが、仁科は本当に敷地の隅のベンチで待っていてくれて、そのあと二人で近くの喫茶店でランチを食べた。

「最初の顔合わせのときから、俺、永森君と話してみたいと思ってたんだ」

古い住宅街の中の喫茶店は、常連らしい中高年でそこそこ席が埋まっていた。一番奥のボックス席がタイミングよく空いて、二人でそこに落ち着くと、仁科が打ち明け話をするように言った。

「嘘」

「本当。なんとなく感じのいい人だなって思ってて」

「まあ話しやすいとはよく言われるけど……」

びっくりしたが、建築学科でも意匠系に進むのは芸術家肌の学生が多く、よくも悪くも個性派揃いだ。その中で一葉は綿貫と並ぶ「癒し枠」にされていた。つまり平凡ってことですね、と綿貫とはいつもぼやき合っているが、仁科に「感じがいい」と思ってもらえたのなら凡庸さも悪くはない。

「俺なんか、仁科君は雲の上の人って感じだよ。卒業設計も、その前のコンクールのやつもウェブで見たけど、すごかった。ワイヤーでスラブ吊って柱のない空間にするやつとか…」

言われ慣れているのだろう。仁科は笑っただけで一葉の称賛に特にコメントしなかった。不必要な謙遜はしない、という感じで一葉はそれにも感じ入った。

「永森君は家は東京?」

仁科が一葉に話を向けた。

「いや、うちは地方で工務店やってる。仁科君は? ずっと東京?」

「俺はいろいろ。永森君は兄弟はいる?」

「妹いるけど」

「ああ、妹! そんな感じだ。仲いい?」

「普通かなあ」

「高校は？　普通科？」

一葉としては彼の設計作品についてのあれこれを聞きたかったたし、ミーハー的な興味から彼自身のことも知りたかった。が、仁科はひたすら一葉のことを聞きたがる。

「なんか俺ばっかりしゃべってるね」

聞かれるままにあれこれ話していて、気がつくとランチタイムはとっくに終わっていた。

「調子に乗ってごめん」

あまりに楽しそうに話を聞いてくれるので、ついつい卒業設計の発表のことまで話していた。あの仁科智之に自分の設計を語ってしまったぞ、と一葉は今さら恥ずかしくなった。

「なんで。俺、永森の話だったらいくらでも聞いていられる」

「えー、なにそれ」

いつのまにか「仁科」「永森」と呼び合っていて、一葉はそれにもびっくりしていた。

「永森ってよく食べるんだな」

食後のドリンクを選ぶ際に、メニューに載っていた自家製アップルパイが美味しそうだったので頼むと、仁科が意外そうに言った。

「へへ、よく言われる。食うの好きなんだよね」

「じゃあ今度メシ行こう。永森の好きなとこ、どこでも」

もともと誰とでもすぐ友達になれるほうではあるが、まさか仁科のほうからこんなふうに近づいてきてくれるとは思ってもみなかった。

連絡先を交換し、店を出るときにはすっかり距離が縮まって、一葉は「仁科君と友達になれそうだ」とひとりで興奮していた。

帰りの電車で、仁科がなにげなく提案した。

「永森、来週の休み、K市文化センター会館、見に行かないか？」

戦前の有名建築は取り壊しが報道されると保護運動が始まるのに、戦後の建物は名作といわれるものでもあっさり取り壊されてしまうことが多い。そんな話の流れだった。

「ああ、あれも取り壊し決まったんだっけ。行きたいけど、ちょっと遠いなあ」

「だから、泊まりで。来週、補講の振替で平日が休みだろ」

突然の誘いにびっくりしたが、こんなきっかけでもないと行かないいし、取り壊されたらもう二度と現物は見られないいし、と言われてそれもそうだな、という気になった。なにより仁科と近づきになれてテンションが上がっていた。

一葉がその気になると、すかさず仁科が「じゃあ、ついでにもうちょっといろいろ見に行かないか？」と話を広げた。

「どうせだったら、その近くで回れそうな有名建築見に行こう。二泊か三泊したらかなり回れるだろ」

研究室で声をかければ他にも参加希望者がいそうだと思ったが、一葉がそう言うと、仁科は即座に「二人がいい」と強く言った。確かに人数が増えると身軽に動けない。「それじゃ二人で」と応じたが、その時点ではまさか仁科が自分に特別な感情を抱いているとは夢にも思っていなかった。

三泊四日の旅程のどの時点で仁科の気持ちに気づいたのか、なぜすんなりそれを受け入れるつもりになったのか、一葉は自分でもよくわからない。仁科も、「旅行に誘ったのはいちはとちょっとでも距離縮めたかったからで、あのときは口説こうとも、口説けるとも思ってなかった」と言っていた。

でも結局そうなった。

一葉は小さいころから「しっかりしてる」と言われる子どもで、友達にもなにかと頼りにされるほうだった。旅行に行こう、となれば自分が宿の手配をしたり電車の乗り継ぎを調べておくことになるのだと自然に思っていた。それだけに仁科が「俺が誘ったんだから俺が面倒なことは引き受けるよ。永森は着替えだけ持って来てくれたらいいから」と言ってくれたことが意外だったし、嬉しかった。

が、実際は仁科はなにひとつ事前の手配などしていなかった。

駅で落ち合い、おもむろに「K市文化センターと、J文化博物館、どっちから行く?」とタブレット端末を取り出されて、一葉は唖然とした。

「最初にぜんぶ決めたらつまんないだろ」

一葉が効率のいい乗り継ぎを探そうとあれこれ検索し始めると、仁科は仁科で呆れたようにそう言った。

「効率じゃなくてさ、気分で決めよう。今日は天気いいから、青空に映(は)えそうな格子梁(こうしばり)見たい」

楽しそうに提案され、そういう決め方もありなのか、と一葉はぽかんとして、それから妙に楽しくなった。

仁科が「俺がぜんぶやる」と言ったのは、田舎道で迷って通りかかった軽トラをヒッチハイクしたり、見学不可の地下施設をなんとか開けてもらったりすることで、一葉はその堂々とした交渉ぶりや押しの強さに「さすが」と感心した。

「俺、高校のころからしょっちゅうバックパッカーやってたから」

「どこ行ったの？」

「いろいろ。俺は高校までは日本と中東からヨーロッパのあちこち半々くらいに行き来してて、向こうにいるときは長期休みはだいたい旅行してた」

「へえ、さすが」

でもなによりさすがだ、と思ったのは、有名建築巡礼をしている間、仁科が一切写真を撮らなかったことだ。代わりに製図用の細いペン一本で精密に建築物の構造や意匠を描いていく。

「すごいね」

そういえば、コンクール作品などで見る仁科の描くパースは独特だった。一点透視図をベースに建物の佇まいや周囲の雰囲気も一緒に描き、内部の空間まで重層的に付加していく。なんでこんなふうに描けるんだ、と驚嘆していたので、仁科がスケッチしている手元を見て、その秘密の一端をのぞき見したようで興奮した。

「普通はそんなの描けないよ」

「そうか?」

研究室での仁科は、評価に対してとてもクールだ。称賛されても批判されても同じ顔で聴いている。でも一葉の感嘆には少し照れくさそうな顔をして、一葉はなんだか変な気持ちになった。

無人駅に気分で降りたり、通りかかって気になった木造宿舎の来歴を調べたりするのは、一葉にはものすごく新鮮で楽しかった。仁科はいろいろ頼りになるが、一方ですぐ時間を忘れるし、他のことに気を取られて荷物を置き忘れたりもする。

「仁科って意外にそそっかしいよね」

「そんなことはないだろ」

「あるよ。さっきもタブレット忘れそうになってたじゃん」

仁科にこんな口をきける仲になっているのも不思議だ。

「まあ、…俺は夢中になると周りが見えなくなるから」

じっと見つめてそんなことを言われて、今度は耳が熱くなった。先に目をそらしたのは一葉のほうだった。

少しずつ気づいていた。

仁科はいつも自分を見ている。それもつい目で追ってしまう、という感じで、一葉が気づくと仁科自身もはっとした様子で困ったように笑う。

最初は意味がわからず戸惑ったが、だんだん「そうなのかな」と思うようになった。睨まれていると勘違いしたほど強い目で見ていたことや、偶然鉢合わせしたときのぎょっとした態度なども「そうなのかな」を考えあわせると合点がいく。

仁科のほうも開き直ったように気持ちを隠さなくなった。

長い坂道を上っていて一葉が息を切らすと、仁科はさりげなく歩調を緩めてくれる。電車の網棚に荷物を乗せるとき、背の高い仁科が一葉のぶんも上げてくれる。仁科は自分よりも大きくて力が強い。ふだんは自分が人のサポートをするほうなので、仁科に気遣われるたび、妙にそわそわした。

一緒にタブレットのマップを見たり、仁科のスケッチをのぞきこんだりするたび、一葉は自分の中にも熱が生まれているのを感じるようになった。

もう明日は東京に帰るという夜、目についた居酒屋で少し飲み、店を出ると雨が降り出していた。

「降ってるね」

霧雨で、車のヘッドライトが煙のように滲んでいる。

「宿、どうしようか」

「駅前になんかあるだろ」

傘をさすほどでもないと思ったが、駅に向かって歩き出すと、仁科が折りたたみを開いて一葉にさしかけた。

旅の終わりがさみしくて、会話は途切れがちだった。もうすっかり仁科に慣れて、黙っていても気づまりはない。むしろ沈黙には甘い気配が漂っていた。そしてそれをお互いに感じとっている。

「そこでいい？」

「うん」

全国展開しているビジネスホテルに入り、チェックインカウンターに向かう前、仁科はふと足を止めた。

「——ツインでもいいか？」

「いいよ」

なにげなく答えて、それからはっとした。一日目は安い民宿、次の日は外国人バックパッカー相手のゲストハウスに泊まった。どちらもプライベートなど望めない部屋だったからなにも意識しなかった。

同じ部屋でいいのか、と仁科はわざわざ確認した。その意味に思い当たって、一葉は今さら緊張した。

仁科は自分に好意を持っている。そして一葉はそれを知っている。

やっぱり別々の部屋にしよう、と言うことはできた。でも一葉はそうしなかった。

仁科に熱っぽい目で見つめられるたび、奇妙な感覚に胸が疼いていた。さしかけられた傘と同じように、それを拒絶しようとは思わない。

部屋に入って荷物を下ろすと、一葉は窓際のベッドに座って濡れたスニーカーを脱いだ。暗い窓を雨が筋を作って流れていく。心臓が強く打っていて、仁科のほうを見ることができなかった。

「——俺は永森が好きだ」

ドアのところで立ったままだった仁科がふいに言った。

はっきりと言葉にされると、やはり少し動揺した。

仁科は決心したように大股で近づいて、一葉の隣に座った。スプリングが揺れ、一葉はどきどきしながら仁科の視線を受け止めた。

「あの、なんで俺なの？」

一葉は一番の疑問をぶつけた。

「別に卑下するわけじゃないけど、俺は仁科みたいな…なんていうか、すごい人に好かれるようなとこ、ないと思うんだけど」

「一目惚れだった」

「えっ？　顔？」

自分のビジュアルに特別コンプレックスを感じたことはないが、一目惚れしてもらえるほどの容姿だとも思えない。

「顔っていうか――雰囲気も含めて、ぜんぶが好みだった。雪の中歩いてたら艶々の木の実が落ちてるの見つけた、みたいな感じでどきっとした。だいたいそういうのは理屈じゃないだろ」

仁科が珍しく拗ねた口調になった。

「なんかいい、っていう直感はどうしようもない。見るたびにいいなと思ってて、俺はいつもならもっとさっさと声かけて、彼氏が無理なら友達になろうって近づくのに、永森にはなかなかそんなふうに思いきれなかった。好きなところ言えっていうなら、顔も声も笑い方もぜんぶ好きだ。細いのによく食うとこも」

仁科がなにかを思い出したようにふっと笑った。仁科はちょっとした表情が色っぽい。一葉がそう思ってしまうのは、つまり――

「でもそんなのはぜんぶ小さいことで、永森といると気分がいい。だから、ずっとそばにいてほしい」

仁科に見つめられて、一葉は目がそらせなくなった。

「俺の恋人にしたい」

恋人になってくれでも、なってくれないかでもなく、恋人にしたいと言われて、どう返事をしていいのかわからなかった。ただ、自分が彼を拒否できないということだけは一葉にはよくわかっていた。

「でも俺、男と寝たことないよ」

喉(のど)がからからになっていて、囁くような声になった。

仁科がわずかに目を見開いた。

問いかけるように無言で身体を寄せてきて、一葉は反射的に目を閉じた。

大きな手が頬をつかむようにしてきたと思ったらもう唇が重なっていた。厚い舌が入ってきて、一葉は息を止めた。仁科のキスは情熱的だった。舌が絡んで、強く吸われる。彼の領域に引き込まれ、まるで本当に食べられてしまうような錯覚を覚えた。強く抱きしめられ、一葉も夢中で仁科の背中に腕を回した。

「――ん、う……」

息が苦しくなって唇を離すと、仁科は至近距離で一葉を見つめたまま、シャツのボタンに手をかけた。一葉は抵抗しなかった。

それまでセックスでリードされた経験などないし、人に服を脱がされたこともない。でも仁科に服を引きはがされるのはひりひりするようなスリルで、全裸に剝かれてベッドに引き倒されると、一葉は自分を上から見つめる男の視線に全身が熱くなるほど興奮した。

「……綺麗だ」

鑑賞される側になったのも初めてで、一葉は味わうような視線に顔をそむけた。どくん、どくん、とこめかみが脈をうち、耳が火のように熱くなっている。

「仁科……、あ…っ」

大きな手が、一葉の首筋から鎖骨(さこつ)を辿った。胸から腹、腰、とゆっくりと撫でていく。肌がたちまち汗ばみ、心臓が痛いほど強く打った。手が両ひざにかかり、当然のように左右に開かされた。

「――」

いきなり仁科がかがみこみ、熱く濡れた感触に包まれた。一葉は顎(あご)をそらした。慣れた口淫(こういん)にあっという間に追い上げられる。

「う、…っ、はあ……」

巧(たく)みな舌遣いに翻弄(ほんろう)され、息が乱れた。

「仁科…、もう……っ」

射精感が迫(せま)って、焦(あせ)って逃げようとしたが、がっちり押さえつけられて身動きできなかった。抵抗できない。

「――あ……」

我慢しきれず、強く吸われて一葉は陥落した。

強い快感から緩やかにほどけていき、はあはあ肩で息をしながら薄く目を開くと、同じように呼吸を乱しながら口を拭っている仁科と目が合った。

「ごめん…」

「なにが？」

仁科が無造作に服を脱ぎ始めた。

「口に……」

仁科はそんなことか、というように目で笑った。それが妙に色っぽく見える。

服を着ていても鍛えているのはわかっていたが、実際にその身体を目にして、一葉は思わず感嘆のため息をついた。隆起しているものの存在感にも圧倒され、一葉は自然にそれを握った。

仁科がわずかに目を眇めた。

「これ…入れるの？」

ずっしりした重量感に、無理じゃないか、と目を瞠ると、仁科が変な顔をしていた。

「なに？」

「永森は変なところで思い切りいいよな」

仁科が妙に気が抜けたように言った。

「なんで？」

「ゲイでもないのにすんなりこんなことになって、慌てるでもないし」

自分でも不思議だが、こうなることは最初から知っていたような気がしていた。

「…本当にいいのか？」

「ここまでやっといて、今さら」

「セックスのことじゃない。それもあるけど…永森は、恋人はいないのか」

「いないよ」

高校のころからわりと途切れず彼女がいたが、研究室に入ってからは忙しすぎてそんな余裕はなかった。仁科の心底ほっとした表情に、一葉はまた不思議な感慨を抱いた。

「仁科こそ、恋人百人くらいいそう」

「俺が？」

「もてるだろ」

「まあ」

無駄な謙遜はしない、というように答えて、仁科は一葉の頬にそっと触れた。

「でも今は永森しか目に入らない」

自分も仁科を好きになっている、のだと思う。

今まで同性を恋愛の対象に考えたことはなかったが、こんなふうに気持ちをかきまわされるような経験はなかった。惹かれているし、もっと仁科のことを知りたいとも思う。

「――…」

仁科の身体がおおいかぶさってきて、ぴったりと合わさった。筋肉質で厚みのある男の身体に押しつぶされ、一葉は本能的にひるんだ。怖い。でも口を塞がれるような激しい口づけに、思考はあっという間に流されてしまった。

仁科の愛撫は濃厚で、容赦がなかった。全身をくまなく探られ、性感帯を調べられる。

さっきフェラチオされたとき、同性の口淫は凄いな、と思ったが、あれはほんの挨拶程度のことだったのだと思い知った。自分でもわかっていなかったところが快感の経路で、声を殺すことができないほどの強い快楽に我を忘れた。

一方的に攻撃され、泣かされ、ぼろぼろになって「もう許して」と哀願してやっと解放された。何回射精したのかもわからず、身体中がいろんなもので濡れてぐしゃぐしゃになっている。

「――」

うつぶせたまま朦朧としていて、仁科に腕をつかまれて、楽々とあおむけにひっくりかえされた。だらしなく身体を投げ出しても、もう恥ずかしいと思う余力もない。

両足を折り曲げられ、腰の下に枕を突っ込まれたが、抵抗する気力すら残っていなかった。好き放題されて、身体も心もすっかり仁科に屈服してしまっていた。

「――う、…っ」

「力抜いて」

両ひざを大きく開かされ、反射的に仁科にすがった。熱い塊が粘膜を押し広げて入ってくる。

何度も指や舌を入れられていて、受け入れるのは予想していたほどの苦痛はなかった。

「あ、う――……っ、……」

それでも圧迫感と押し広げられる感覚に、身体がどうにかなってしまいそうで怖くなった。

「息して」

「仁科……っ」

犯されながら、犯している男に助けを求めている。

「ごめんな」

仁科が一葉の頬に触れた。こめかみに伝っていた涙が拭われ、一葉は薄く目を開いた。

「ゆっくりするから」

仁科の声が思いがけないほど優しかった。そして狭いところに侵入している彼も痛みをこらえているのだとその表情でわかった。

「大丈夫?」

思わず言うと、仁科がわずかに目を見開いた。それから愛おしむように一葉を見つめて微笑んだ。

「うん」

大きな手が一葉の手を探して指を絡めてきた。一葉はその手を握り返した。

「もうちょっとだけ、我慢して」

「あ」

ぐっと奥をこじあけられるのがわかった。圧迫感に、息をするのもつらい。

「……っ、は……」

仁科が大きく息をついた。

「ぜんぶ、はいった……?」

「まだ」

これ以上は無理、と首を振ると、仁科がなだめるようにキスをした。

「あ、ああ……っ」

初めて経験する、内臓が押し上げられるような感覚に、一葉はただ圧倒された。

「痛いよな。ごめんな」

首を振ると、また涙がこぼれた。

「これ、な、泣いてるんじゃないから。な、なんか知らないけど、勝手に、涙、出るだけだから…、っ」

仁科が誤解しないようにと、一葉はなんとか声を絞り出した。仁科のまなざしが優しくなった。

「ありがとう」

なんでありがとうなんだろ、と動かない頭で考えていると、仁科が一葉の手をとって肩にすがらせた。

「つかまってて」

「ん」

もうすっかり言いなりで、逞しい肩にすがると、仁科がゆっくり動きだした。

「——ふ、……っ、ん、ん……っ、——……」

苦しい。怖い。でも逃げたいとも思わなかった。お互いにとってどうしてもこの行為が必要だと本能的に感じていた。

「——あ、あ……」

ようやく奥まで受け入れて、息をするのもやっとなのに、一葉は安堵に包まれた。

「大丈夫か?」

「ん…うん…」

圧倒的な力で貫(つらぬ)かれて、セックスってこんな凄(すご)いものだったっけ、……と朦朧としながら揺さぶられ続けた。

「仁科……っ、あ、う……」

気が遠くなりそうになったとき、強く抱きしめられた。

「――」

中で仁科が大きく脈動した。

一瞬の間のあとで、仁科が激しく口づけてきた。息が苦しくてすぐ唇を離したが、仁科ははあはあ息を切らしながら一葉の髪をかきあげた。

「ごめんな」

声がうまく出なくて、うなずいた。

「……っ」

仁科が慎重に身体を引いた。抜けていく感覚は逆に入っていたことを思い知らされるようで、ぞくりとした。

さすがに疲れた様子で仁科が横に転がり、一葉もただはあはあ息をすることしかできなかった。

ぐしゃぐしゃに丸まっていたコンフォーターを仁科が引き上げ、やっと少し落ち着いた。

「仁科…それ」

「うん?」

仁科の首筋に赤い筋が何本も走っていて、血が滲んでいる。自分がひっかいた痕だ、と肩や鎖骨のあたりにも血が出ているのを見てやっと気づいた。肩の鬱血(うっけつ)は噛み痕だ。いろいろされてわけがわからなくなって、たぶん噛んだりひっかいたりした。

「ごめん」

「ああ」

仁科が今気づいたように自分の腕のあたりを見た。

「凄いな」

仁科が照れくさそうにつぶやき、抱きしめてきた。コンフォーターの中で触れ合った肌があたたかい。一葉も自然に仁科の背中に腕を回した。

そうやって一葉は仁科の恋人になった。


仁科が一葉のことをいちは、と呼ぶようになったのは、今までつき合った彼女たちに「かずは」と呼ばれていたと話したからだ。

旅行から帰ると、仁科はそのまま一葉を自分のマンションに連れて帰った。

「俺も名前で呼びたいけど、今までの彼女と同じなのはなんか嫌だな」

仁科のベッドの同じ枕に頭をのせて、仁科は一葉の前髪を指先で梳いていた。そのまま額から鼻に指をすべらせる。

「――いちは」

「ん？」

「いちは。って誰も呼んだことないだろ？」

「それはないけど」

「じゃあいちはって呼ぶ。いいだろ？」

独占欲を感じさせる発言に、一葉はなんともいえないくすぐったさで笑った。

「いちは」

試すように呼ばれ、気恥ずかしかったが「なに」と返事をしたら仁科も照れくさそうに笑った。

遠くから見ているときは仁科はもっとクールな男だと思っていた。話してみると案外気さくで意外だったが、こんなに恋人に甘い男だということは、もっと予想外だった。

「好きだ、いちは」

そうさせているのが自分だということが、一葉にはなにより不思議だった。

仁科のマンションは親戚の持ち物件で、ゆうに二家族が生活できそうなほど広かった。近くに駐日大使館がいくつかあるせいか住んでいるのは外国人が多く、セキュリティも厳しい。リビングにグランドピアノが置いてあったので弾（ひ）けるの？　と訊いたら音大で作曲を勉強していた従兄弟（いとこ）が住んでいたときのものだという。

「ここ、大叔父（おおおじ）が現役のころ取引先の接待用に買って、もう使わないから誰でも好きに住めって感じで、場所がいいから入れ替わり立ち替わり、親戚の学生の誰かが住んでるんだ」

仁科の前は数人でシェアしていたこともあるといい、ピアノ以外にも誰のものかわからない荷物や家具があちこちに残されていた。いいマンションなのに雑然としていて、カーペットに染みがあったり壁紙が汚れていたりする。それが一葉にはかえって居心地がよかった。

「これ、渡しとくから」

初めて泊まった日にカードキーを渡され、それから半同棲のような状態になった。「帰らなくていいのに」が仁科の口癖で、いつもいつも一葉をそばに置きたがった。いちは、と呼ばれるたびに一葉は仁科に愛されているという実感に包まれた。実際、仁科は理想的な恋人だった。

いつでも一葉を最優先してくれ、情熱的で、優しく、そして底なしに甘かった。もてそう、と言われて否定しなかっただけあって遊び相手はかなりたくさんいたようだが、一葉には気取らせないようにぜんぶ清算してくれた。一回だけ電話してきた相手に「俺はもう決めた人ができたから」と話しているのを耳にしたことがあったがそれだけで、あとは一度も一葉に誠実さを疑わせるようなことはしなかった。

性格的にこそこそするのは性に合わないはずなのに、一葉が恥ずかしいから周りには内緒にしときたい、と頼めば関係がばれないように気を遣ってもくれた。

仁科は確かに愛してくれた。

誰かにこんなに大事にされ、尽くされたのは一葉には初めてだった。

その夏、また一緒に旅行をした。

今度は彼の父親が所有している別荘で、バックパックで建築巡礼したときとは違い、贅沢な別荘に滞在して、美味しいレストランやカフェに通い、気ままにトレッキングしたりセックスしたりして過ごした。

「こんなことしてたら腑抜けになりそう」

一葉が言うと、「それいいな」と笑って、最後の日は丸一日ベッドから出ないで過ごした。

でもその旅行から帰ると、仁科は毎年秋に行われる学生も参加可能な大手総合設計事務所のコンペにエントリーした。

いつの間に、と驚いたが、仁科は複数案を用意していて、その中の一つを指導教官と洗練させて挑戦した。

学部生時代、仁科は主要なコンペティションやコンクールをほぼ総なめにしていた。ほとんどの学生は課題をこなすだけで精一杯なのに、仁科は「海外のコンペも出してたから落ちた数だってすごいよ」となんでもないように言っていた。

「みんなうまくいったとこだけ見るから天才だなんだって持ち上げるけど、俺だって落ちるほうが普通だ。うまくいくのなんか一割もない」

でもそれだけの数を出せるのがすでに常人離れしている。

夜、一緒のベッドで眠っていてふと目を覚ましたとき、仁科が隣であぐらをかいて起き上がり、スケッチしているのを何回か見た。ふっと思いついてエスキスを描いているのだとわかり、一葉は邪魔しないように寝たふりをしていた。没頭している仁科は一葉の手の届かないところにいる。集中しきった瞳はライトを反射して黄金色に輝いていた。

いつから意味のない劣等感を感じるようになったのか、一葉は自分のことなのによく覚えていない。ただ辛かった記憶だけが強烈に残っていた。

彼と自分を比べること自体、おこがましい。

ほとんど運だけで今の研究室に籍を置いている一葉と、岩元教授の直接の教え子である仁科ではそもそも見ている世界が違う。

わかりきったことだし、当たり前に受け止めて初めはなんとも思っていなかった。

それなのに、恋愛関係になってから、だんだん気になりだした。

「いちははは地形読むの上手いな」

一度だけ、仁科にそんなことを言われた。確かに一葉は地形を活かしたプランニングをするのが好きだった。研究室選択のときも、都市計画と意匠のどっちを選ぶか悩んだくらいだ。いずれは個人住宅の設計をしたいと思っていたので意匠に進んだが、そこは世界を見据えるような学生たちが切磋琢磨している場所で、正直、少し後悔していた。

仁科を見ていると、才能と体力はけっこうイコールなんだなと思う。

発想力ですら数を出しているうちに降りてくる側面があって、でも基礎体力も生まれつきの要素が大きい。

　努力でどこまで埋まるのか、それは自分で見極めるしかない。

　その年の暮れに仁科は複合レジャー施設の設計コンペに勝ち、春から総合設計事務所のプロジェクトに参加することになった。

　師事している岩元の名前が効いたとか、学生に勝たせることで話題性を狙っただけだとかいう陰口も耳に入ってきたが、仁科はいつものように平然と聞き流していた。

　そしてキャリアの第一歩を踏み出した。

　それまで、いくら仁科が有名でも、現場に出たことがないという点では他の学生たちと立ち位置は同じだった。

　いずれ岩元教授の持っているプロジェクトに参加して名前を売っていく、というこれまで同じ研究室から輩出された名のある先輩たちと同じコースに乗るのだろうと思っていたが、仁科はそんなまだるっこしい軌跡は辿らなかった。一歩外の世界に踏み出してしまえば、もう彼の背中すら見えなくなる。

　総合設計事務所のプロジェクトに軸足を移してからも、仁科の一葉に対する情熱は変わらなかった。

「これ、もらってほしい」

　コンペの賞金で買ったという揃いの指輪を手渡されたときは複雑な気持ちになった。

「嫌だったらいちははつけなくていい。持っててくれるだけでいいから」

シンプルなプラチナリングは、一葉の薬指にぴったり嵌(はま)った。ありがとう、と言ったけれど、一葉はぜんぜん嬉しくなかった。

彼が自分の力で手に入れた成果を指輪にして贈られ、一葉が惨(みじ)めな気持ちになっているなどと、仁科は夢にも思っていなかっただろう。

指輪を贈られた夜も、いつものようにベッドに誘われた。もうすっかり男を受け入れることに慣れ、そのころには貫かれることに歓(よろこ)びを感じるようになっていた。

その夜、寝室のブラインドが上がっていて、窓に自分の姿が映った。うっすらとしたシルエットだったが、男の上にまたがって腰を揺すっている自分を認識して、一葉はいきなり頭を殴られたような衝撃を受けた。

いったい自分はなにをしている?

自分で男を受け入れて、卑猥(ひわい)なリズムで快感を貪(むさぼ)って、いつの間にこんなことになっていた?

セックスに慣れた身体はそのままクライマックスに駆け上ったが、気持ちは元に戻らなかった。

その夜から、一葉は仁科と会うのがはっきりと苦しくなった。

「ごめん、今日はしたくない」

ベッドに誘われても疲れてる、と断ることが増え、仁科のマンションに行くことも減った。仁科は初めての仕事で余裕がなく、一葉も卒業制作があったから、表面上はそれが理由になっていたが、一葉の中では違っていた。

初めて喧嘩したのは、一葉が黙って仁科のベッドから抜け出し、家に帰ったときだ。

「なんで黙って帰るんだ」

珍しく声を荒らげた仁科に、一葉はびっくりしたが、すぐ反発した。

「疲れて寝てるの起こしたら悪いと思ったし、自分の家に帰りたくなったから帰っただけだろ」

そのとき、二人は大学の構内にいた。

一番仲のいい綿貫にだけは自分から打ち明けたが、普段は大学では「あまり接点のない同じ研究室の同期」として振る舞っている。軽く雑談くらいはするが特別親しくはない、というスタンスだ。だからお互い一人で廊下ですれ違っても、ふだんなら呼び止めたりしないはずなのに、仁科はいきなり一葉の腕をつかんで廊下の隅に引っ張って行った。

「黙って帰ることはないだろ」

「じゃあ起きるまで待ってろってこと？　無理だよ。俺だっていろいろやんなきゃいけないことあるし」

「——やっぱりいちはと暮らしたい」

少し前から、仁科に一緒に住もうと提案されていた。一葉は学部生のときにインターンに行った地元のハウスメーカーからリクルートされていて、そのことでも揉(も)めていた。

「無理だよ」

「どうして」

「俺は地元に帰るし」

「なんで勝手に決めるんだ」

仁科の声に怒気が混じった。

「いちはは勝手だ」

「自分のことを自分で決めてなにが悪いんだよ」

腹が立って一葉も言い返した。

廊下の端から人の声が聞こえ、誰かが来る気配がした。

「いちは」

引き留めようとする仁科を振り切って、一葉は彼を置き去りにした。

一葉が別れを念頭(ねんとう)に置いていることを、仁科も感じていたはずだ。何度も修復を試みて、歩み寄ろうとしてくれた。それが一葉にはよけいにつらかった。

俺がなにかいちはの気に障(さわ)ることをしてるんなら教えてほしいと言われたときは、自己嫌悪で泣きそうになった。

仁科から離れたい。

自分よりもなにもかも上の男に甘やかされることが苦しい。愛されれば愛されるほど惨めになる。

こんな卑屈な自分も、劣等感に苛まれる自分も好きじゃない。今の自分は自分じゃない。

恋人にならなければよかった、と一葉は痛切に後悔した。仁科の情熱に巻き込まれず、ただの同期でいたら――もしかしたらもっと違ういい関係になれていたのかもしれない。

二年目の秋、一葉は地元のハウスメーカーに就職を決め、東京を離れる決心をした。

別れたい、と告げたとき、仁科は拍子抜けするほどあっさりとそれを受け入れた。

仁科の部屋を訪れたのは半月ぶりで、会いたい、と連絡した一葉に、仁科は待ってる、とだけ返信してきた。

すでに別れは既定路線になっていたが、それでも引き留められるだろうと思い、一葉は激高されることも覚悟していた。が、仁科はそれまでの執着が嘘のように無表情で、わかった、とだけ言った。

冷たい、というよりすでに関心をなくしているように無反応で、一葉は愕然とした。

仁科は本来プライドが高い。彼のものでいるうちは執着もするが、いったん手を離れてしまえばそれまでで、もう自分は彼の「いちは」ではなくなったということなのだ、とようやくそこで理解した。

いつも強く求められ、愛されていたから、お互いに頭を冷やして時間を置けば、新しくいい関係が築けるかもしれない、と一葉は甘いことを考えていた。でも仁科にとって必要なのは肌触りのいいニットで、使いやすい製図ペンで、恋人の「いちは」だけだった。

部屋のカードキーを返し、私物をまとめて部屋を出るとそれで全部が終わってしまった。

自分が選択したことのはずなのに、まるで仁科に捨てられた気がした。

指輪を返すのを忘れていた、と部屋を出てから気づいたが、もう引き返す気力も残っていなかった。

それきり仁科に会うことはなく、七年が過ぎた。

名前を見聞きするたびに動揺していた時期も過ぎ、今は懐かしさとほろ苦さが半々で、自分の未熟さについても若かったな、とだけ思えるようになっていた。


最後のドルチェとエスプレッソが運ばれてきた。一口大の焼き菓子が三つ、銀のプレートに乗せられている。

「永森さん」

仁科が改まって口を開いた。

「ご迷惑でなければ、また会ってもらえませんか？　仕事復帰するまでに、少しでも昔のことを思い出したいんです」

短くない時間、一緒に食事をして、客観的な事実も話した。それでもまったく思い出せない様子の仁科に、一葉はつい苦笑した。

「僕といくら会っても同じじゃないでしょうか。仁科さんにとって僕は、記憶にとどめておくほどのことじゃなかったのだと思いますよ」

「ご迷惑ですか?」

「…そんなことはないですが」

「無理に過去のことを訊きだしたりしません。永森さんのご都合のいいとき、たまに食事を一緒にしてくださるだけでいいんです」

熱心に食い下がる仁科に、懐かしさがこみあげてきた。

新幹線を使えば都内まで二時間もかからないが、そう気軽に行き来できる距離でもない。彼が復職するまでの半年、会うとしてもせいぜい数回のことだろう。

「綿貫とも最近は会ってないので、次は三人で会うのもいいですね」

仁科はそれには返事をせず、ただ熱のこもった目で一葉を見つめた。

4

はちみつの足音が聞こえる。

愛嬌いっぱいの愛犬のために、一葉はこの家に引っ越しするとき、床にコルク材を敷き詰めた。ふだんはそれで音が吸収されるが、ベッドに横になっていると、軽快にこっちにむかっている音が直接響いて伝わってくる。

久しぶりになんの予定もない休日の朝、一葉はうん、とベッドの中で大きく伸びをした。あくびまじりに壁かけの時計を見ると、そろそろ九時だ。

寝室のドアはいつも開けっ放しにしているので、丸い目をした雑種の中型犬はとことこベッドまできて一葉の手を舐めた。

「起きる起きる」

甘ったれのはちみつにくんくん鼻先をくっつけられて、一葉はくすぐったさに声を出して笑った。二十四時間床暖房をつけっ放しにしているので寒くはないが、窓の外はうっすらと明るく、たぶん夜のうちに雪が積もっている。

一昨日、仁科を店の外で見送ったときにもちらちらと小さな雪が舞っていた。

一泊する予定だと言っていたが、一葉はあえてどこに宿泊するのかは訊かなかった。昨日も一日、ことあるごとに仁科のことを思い出してしまって、一葉はなんとなく気分が沈んだままだった。

はちみつに水とフードを出してやり、キッチンカウンターにもたれてコーヒーを飲みながらリモコンでリビングのブラインドを上げる。思ったほどではなかったが、庭は雪で白くなっていた。

　大学院を卒業して地元のハウスメーカーに二年勤めたあと、一葉は現在の建築設計事務所に移った。いわゆるアトリエ系で、収入もかなり上がった。

　せっかくだからこれを機に住環境を充実させよう、と一葉はそれまでのワンルームから、この広い庭のあるコートハウスに引っ越しをした。賃貸だがもともとはコーポラティブハウスで、中庭を囲むように六つの棟が建っている。オーナーが「建築家さんがリフォームしてくれるんなら大歓迎」と鷹揚なので、ちょうど実家からはちみつを預かることになったのもあり、犬仕様のインテリアを楽しもうと自分であれこれ手を入れた。大きな一枚ガラスの掃き出し窓はテラスにつながり、そこから直接庭に出られる。

　雪はもうやんでいて、これならガレージの雪かきはしなくていいかな、と考えていると、インターフォンが鳴った。

　形式としては集合住宅で、コートハウスの外は樹木と壁面で囲まれ、六軒分の出入り口は一つになっている。モニターをのぞくと、見慣れないスーツ姿の男が立っていた。はい、と応答すると、相手はこの家を紹介してくれた不動産会社の名前を名乗った。

「私、永森様をこちらにご案内した、島本と申します。お久しぶりでございます」

　にこやかに告げられたが、担当者とは賃貸契約をしたときに会ったきりなので、当然顔など覚えていない。

「早い時間に恐縮ですが、永森様の真向かいの物件に賃貸希望のかたがおられまして、本日ご案内に参りました」

そこでやっと不動産屋の意向がわかった。

六軒のうち、一葉が借りている棟の向かいだけは、ここ二年ほど空いていた。一葉と同じオーナーの持ち物件で、もとは二世帯住宅として使うつもりで施工・購入したらしい。他の棟とは高低差や樹木で自然な間仕切りがしてあるが、向かいとだけは小道で行き来できるようになっていて、庭は完全共有になる。内覧のためその庭に入るのでよろしく、ということだ。

「どうぞ、ご自由に」

愛想よく答えながら、内心一葉はがっかりしていた。入居した当初は四十代くらいの夫婦が住んでいたが、夫婦が引っ越ししてからはずっとのびのび庭を独り占めしていた。小道には可動式のフェンスがあるものの、テラス同士が向い合わせになっていることもあり、向こうに誰かが入居すればなにかと気を遣う。内心うまく賃貸希望が流れてくれないか、と思ってしまうのが本音だった。

「その前に、入居希望のお客様が永森様にご挨拶をされたいとのことなんですが、よろしいでしょうか」

「挨拶、ですか？」

内覧もしないうちに入居を決めたのか？　と戸惑ったが、不動産会社の男が場所を譲り、後ろから出てきた男の顔を見て、一葉は仰天した。

「仁科⁉」

驚きすぎて、つい呼び捨てにしてしまった。

「一昨日は、どうも」

仁科はやや気まずそうな笑顔を浮かべた。一昨日と同じグレイのセーターにジャケットを着ている。

「ちょ、ちょっと待って。あの、どうぞ」

一葉は慌ててコートハウスの出入り口を開錠した。仁科が？　入居？　意味がわからない。

混乱したまま、とりあえず寝室に取って返して着替え、玄関に急いだ。今度は家のチャイムが鳴った。玄関ドアを開けると、不動産屋と仁科が並んで立っている。

「突然申し訳ございません。お客様が永森様のお知り合いで、もしご在宅なら一言ご挨拶されたいとおっしゃいまして」

「いえ。あの、——よかったら、どうぞ」

迷ったが、一葉はひとまず二人をリビングに通した。

「いい部屋ですね」

仁科が立ったままぐるっと部屋を見回した。

人見知りのはちみつは、すたこら寝室に逃げ込んでいる。

「あちらも間取りはほぼ同じでございますよ」

馬鹿丁寧な不動産屋がリビングの窓際に立って向かいを指さした。

「あの、これは、どういう経緯で…？」

一葉は仁科のそばに寄って声を潜めた。

「一昨日、永森さんコートハウスに住んでるって話していたでしょう。中庭のある集合住宅ってどんな物件だろうと興味があって検索したんです。そしたら空きが出ていたので問い合わせてみて…」

「住むんですか？　ここに？」

「永森さんに許可していただけたら、そうしたいと思っています」

声が尖り、仁科はちょっと申し訳なさそうな顔をしたが、そう答えた。

「許可…って」

突然すぎてついていけない。

「契約上はオーナー様のご意向次第になりますが、気持ちよくお住まいになられるのには、やはり永森様のお考えも拝聴する必要がございますから」

慇懃に話しながら、不動産屋の目は「だからと言ってあなたに許可しないという権利はないですよ」と言っている。それはまったくその通りだ。

仁科は半年限定で全額前払い、という条件で申し込もうとしており、それはオーナーにとっても不動産会社にとっても悪くない話のようだった。

「療養期間は自然の多いところで過ごしたほうがいいと主治医にも言われていましたし、東京までもそう遠くないし、僕にはちょうどいい環境なんです」

「どうせ半年のことでございますからねえ」

不動産屋のにこやかな視線は「不満があってもそのくらいの期間は我慢できるだろう」と言っている。

「あ、犬だ」

答えに窮していると、ふと仁科が声を弾ませた。見るとはちみつが遠慮がちに寝室のドアから顔をのぞかせている。

「おいで」

仁科がしゃがんではちみつのほうに手を伸ばした。はちみつは首をかしげたが、とことこ仁科の前まで来た。

「可愛いな。柴ですか?」

「いいえ、雑種です。妹が知り合いからもらってきた子で」

人見知りのはずのはちみつが大人しく仁科に頭をなでられていて、一葉は少し驚いた。

「犬、お好きだったんですか?」

「動物はだいたい好きですよ」

一年半もつき合ったのに、知らなかった。

「俺が隣に引っ越してきてもいい？」

仁科が話しかけると、まるで仁科の言葉を理解したかのように、はちみつは仁科の顔をぺろっと舐めた。仁科が声を出して笑っている。

「本当に可愛いな」

結局、仁科は隣に越してくることになった。

5

コンコン、と窓ガラスをノックする音がした。

一葉は玄関でコートを脱ぎ、出迎えにきたはちみつをひとしきり構ってから一緒にリビングに入ってきたところだった。

リビングの横の飾り窓から仁科が顔をのぞかせている。はちみつが尻尾をぶんぶん振りながらものすごい勢いで突進した。

「明かりがついたの見えたので」

小窓を開けると、仁科はいつものニットの上にダウンを着て立っていた。

「もう夕食は済ませました？　シチューを作ったんで、こっち来ませんか」

一葉が返事をする前に、はちみつが元気よく吠えた。

仁科が越してきて、ひと月が経った。

一葉としては複雑だったが、どうせ療養期間が過ぎるまでのことだ、と割り切ることにした。可能性は低いだろうが、自分と関わったことで記憶障害がいくらかでもよくなるのなら嬉しい、という気持ちもある。

ただし、仁科とのことは一葉の中でもう決着がついていた。今さら昔と同じことを繰り返すつもりはない。

それなのに、仁科は一葉が早めに帰宅できた日には必ずこうして誘いに来る。

最初は口実をつくって遠慮していたが、仁科は根気強く誘いに来るし、はちみつが行きたがって大騒ぎする。のんきなくせに人見知りをする愛犬は、知らない人の前ではしゅんとなるのが常なのに、なぜか仁科にはあっという間に懐いてしまい、一葉は少々困惑していた。

「お隣に引っ越ししてきた人、はちみつのこと可愛がってくれてるのね」

近くに住んでいる実家の母親もそう言っていた。妹が出産した子どもに動物アレルギーがあって一葉が預かることになったので、ふだん、はちみつの散歩は実家の母親が担当している。散歩に連れて行こうとして、仁科と何度か顔を合わせたらしい。

「感じのいい人で、よかったわねえ」

確かに仁科は感じがいい。穏やかで、物腰も柔らかだ。

昔はもっと尖ったところがあったし強引だったのにな、と熱烈に愛されていたころの仁科と無意識に比べている自分に気づいて、一葉は苦笑した。

懐かしさに浸っているのは一葉だけで、仁科にとっての一葉は「最近知り合ったばかりの人」だ。

「いつもうるさく誘ってすみません。小鍋があるから移して持ってきましょうか」

一葉が口ごもっていると、仁科はさりげなく「お裾分け」に切り替えた。一葉は慌てて「いえ、それじゃおじゃまさせてもらいます」と笑顔をつくった。

「いつもすみません」

「煮込み料理ってどうしても作りすぎてしまうんで、食べてくれたら嬉しいですよ」

はちみつだけ先に連れて行きましょうか、と言ってくれたので、すごい勢いで尻尾を振っているはちみつをキッチンの戸口から出して仁科に託した。はちみつは上機嫌で仁科の後ろについて、尻尾ふりふり行ってしまった。

また断りそこねた。

一葉は小さく息をついた。

はちみつが懐いてしまったのも大きいが、一葉自身も仁科に誘われるとどうしても心が動く。

――恋って理屈じゃないだろ。

――何回出会いをやり直しても同じだよ。

仁科の言葉を思い出して、一葉は自分にもそれはあてはまるのか、とこっそり考えていた。一葉はゲイではないはずなのに、仁科に見つめられると身体の奥底が「その人だ」と訴えてくる。昔は仁科の熱が移っているのだと思っていた。でも本当にそうだったのだろうか、とふとかつての自分を振り返っていた。いくら求められても、自分の中に呼応するものがなければ、あんなにすんなりと彼を受け入れられなかったはずだ。

一葉が着替えてテラスから直接リビングに入っていくと、はちみつは仁科にボールで遊んでもらっていた。

「食べましょうか」

入ってきた一葉に、仁科ははちみつの頭を撫でて立ち上がった。

学生時代に仁科が住んでいた親戚のマンションは雑然としていてインテリアどころではなかったが、今はさすがにスタイリッシュだ。半年だけの住処なので家具家電はぜんぶレンタルしたといい、せっかくだから、と仁科はかなりデザイン性の高いものを選んでいた。ダイニングテーブルはラウンド形で、中央にＩＨコンロがついている。

「どうぞ」

仁科が鋳物の鍋の蓋を取ると、ふわっと食欲をそそる匂いがした。有頭海老が頭をのぞかせている魚介のトマトシチューだ。バゲットは少し前に一葉が「ここの店は美味しいですよ」と差し入れしたベーカリーのもので、ハーブ入りとチーズ入りの二種類が一口大にカットされてしい。

いた。ココット皿に卵料理、フルーツと色鮮やかな野菜がミックスされたサラダと見た目も美

「ワインは？」

「じゃあ、少しだけ」

コルクを抜く仁科を眺めながら、いつこんな料理を覚えたんだろう、と一葉はこっそり考えた。昔も気軽にキッチンに立つ男だったが、作ってくれたのは炒め物や簡単なパスタで、でもよくふざけて「食いしん坊には餌付けが一番だ」と一葉の口元にスプーンを運んだりした。

そんなふうに甘やかすのも、仁科は好きだった。

「――今度の永森さんのお休みはいつですか？」

いつの間にかまた昔のことを思い出してぼんやりしていた。一葉は急いで頭を切り替えた。

「まだはっきりしないんです。今プランニングしている物件が二件同時進行していて、そのぶん打ち合わせも多くて」

どちらも「設計は永森さんで」と指名されての案件なので、いつも以上に気合が入る。

「それじゃ永森さんの仕事が落ち着いたら、骨休めにドライブでも行きませんか。運転は俺がしますし、はちみつも一緒に」

「そうですね、そのうち」

一葉は曖昧にうなずいた。

仁科は一葉に好意を隠さない。

まるで学生時代をなぞるように距離を縮めてくる仁科に、一葉は内心困惑していた。

仁科は毎日ジョギングがてら図書館に通い、町中に点在している旧武家屋敷や史跡名所を見て回ったりしているらしい。

「職業病ですね、どこ行っても建築物ばかり気になって」

「そういえば、仁科さんは古いＲＣ造建築物好きでしたよね。高浦のほうに六十年代の公団住宅があるんですよ」

なにげなく言うと、仁科がグラスを取りかけていた手を止めた。どうして知っているんだ、という反射的な驚きだ。学生時代の自分とのことを、仁科はなにも覚えていない。

「…戦前の有名建築は復興されることが多いのに、戦後のものは簡単に建て替えになったり取り壊しになったりする、ってよく仁科さん残念がってました」

自分とそんな話をしたのも、仁科の記憶には残っていないのだ。仁科はしばらく黙っていた。

この前食事に来たときも、クラシック音楽を流していたのでふと「従兄弟のかたが音楽を勉強していましたよね」と言ってしまった。

仁科は自分が親戚の古いマンションに住んでいたことは覚えていた。でもそこで一葉と過ごした記憶はなにもない。

仁科は忘れ、そしてまた新しく自分に好意を寄せている。

それをどう捉えていいのか、一葉自身、戸惑っていた。

「──無理に過去のことを聞き出そうとしない、って約束しましたけど」

なにか考え込んでいた仁科が顔を上げた。

「どうしてあなたにふられたのか、理由を教えてもらえませんか？」

それを訊かれることは、なんとなく予測していた。それでも一葉は口ごもった。

一言で説明できるようなことではないし、説明してもきっと仁科には理解できない。

「こうして隣人になることを許してくれたということは、そこまで取り返しのつかないことをしたわけじゃない、と考えるのは甘いですか？」

「俺のほうがふられた、って可能性は考えないんですか？」

「それはないです。自分のことだからわかる。それに、あんなにあなたに関するものが目に入らないようにしていたのは、それだけあなたに未練があったからだ」

一葉は笑って首を振った。

「それは違うと思いますよ。前にも言いましたけど、別れた直接の理由は、俺が地元に帰ることにしたからです。確かに切り出したのは俺のほうですけど、仁科さんもわかったって、それだけでした。本当です。俺のものをぜんぶ消したのは、もう必要ないと思っただけじゃないでしょうか」

仁科は納得できない様子だったが、それ以上は蒸し返さなかった。

「過去のことは詮索しないって約束したのに、すみません」

「いえ。でも今さら話しても楽しい話題にはならないですし」

仁科が何か言いかけたが、一葉は笑って話を変えた。

「そういえば、アリアートリゾートグループのホテル、仁科さんも設計チームに加わってるんですよね。サンプルムービー見ただけなんですけど、コテージとかやっぱりすごいですね。どこが仁科さんの設計なんですか？」

「――ビッテのチームは考え方が特殊だから、どこって言われると…」

説明がしにくい、というように仁科が言葉を切り、一葉は「ああ、俺にはわからない世界のことなんだ」という懐かしい感情を味わった。

でももうそれでマイナスの気分に引きずり込まれることはなかった。

「着工は来年でしたっけ。楽しみです」

「永森さんは？　同時進行でプランニングしてるって言ってましたね」

仁科が自分のことより一葉のことを訊きたがるのは昔と同じだ。ほんの些細なことでも知りたがり、一葉が話すのを、まるで音楽でも聴いてるような顔で楽しんでいた。今もそうだ。

「個人のかたの別荘と、経営されてる会社の保養所なんですが、ご意向がはっきりしてるのでお応えするのも楽しいですよ」

お任せで、と言われるよりも、一葉はクライアントの要望をくみ取る仕事のほうがやりがいを感じる。その上で「永森さんを」と指名してくれるクライアントが増えて、やっと自分の仕事に自信がついてきた。仁科のようなスケールの仕事をすることは一生ないが、彼には彼の、自分には自分の仕事がある、というだけのことだ。学生のころは実績がなかったからなにもかも自信がなくて、今のようには考えられなかった。

もしあのころ、劣等感に押しつぶされないだけの精神力が自分にあれば――と思っても今さらだ。別れ際の無関心を考えれば、そもそも仁科のほうが自分に飽きてしまったかもしれない。

「はちみつが眠そうだから、そろそろ帰りますね」

食事を終えてコーヒーを飲みながら少し雑談をし、一葉は腰を上げた。いつの間にか少し雪が降ったらしく、テラスが白くなっている。

「永森さんを見てると、雪の上に落っこちてきた綺麗な木の実を連想するんですよ」

スニーカーを履(は)いていると、後ろにいた仁科がなにげなく言った。

「目が綺麗だからかな」

一葉は軽く息を呑んだ。

それは昔、仁科が口にした言葉だ。

――雪の中歩いてたら、艶々(つやつや)の木の実が落ちてるの見つけた、みたいな感じでどきっとした。

一目惚れだったと打ち明けられたとき、仁科はそんなふうに言っていた。

「俺、木の実ですか。三十過ぎの男にしたらちょっと微妙ですね」

動揺を気取られないように、一葉は冗談にしてしまった。仁科も少し遅れて笑った。

「それじゃ、ごちそうさまでした。おやすみなさい」

「また来てください。おやすみ、はちみつ」

雪を踏みしめながらはちみつと一緒に自分の家のテラスに上がると、向こうのテラスで仁科が立ってこっちを見ていた。

目の高さに手をあげて、仁科がゆっくり家に入っていく。

仁科の背中を見つめながら、一葉は今さらな感慨にうたれていた。

——俺も、仁科のことが好きだった。

出会ってあっという間に仁科の情熱に巻き込まれたから、愛され、大切にされたことばかりが記憶に刻まれていた。

——俺も、ちゃんと好きだった。

確かに仁科があんなに強く求めてくれなかったら、一葉にとっての仁科は「才能溢れる憧れの存在」以上にはならなかったはずだ。

でも彼は求めてくれた。愛してくれた。あんなに誰かと濃密に愛し合ったという実感をもったのは、一葉にとっては仁科が最初で最後だった。

女性とは少なくない経験があったのに、一葉にとっての性愛は、仁科との間にあったものだけだ。

誰にも言えないが、仁科と別れてから、一葉は誰に対しても性的な興味がもてなくなっていた。仁科とのセックスを身体が覚えていて、あれ以上の経験はもうないと感じている。

心と身体はつながっていて、一葉はそれを知ってしまった。

だから感じのいい女性と知り合ってアプローチされても心が動かなかったし、自分から積極的に恋人を探そうという気持ちにもなれなかった。結果としてずっと一人でいる。

——でも仁科のほうは普通に新しい恋人をつくっていた。

心の中で軽く仁科を責め、一葉は苦笑いをした。再会してすぐ仁科が「ここ数年交際していた人たちのことは、写真を見たり、会ったりしたらなんとなく思い出した」と言ったとき、一葉は少なからず傷ついた。

いちは、と囁く仁科の声。火照(ほて)った肌を重ね、なにもかもをわかちあった。

でも仁科はなにひとつ覚えていない。

そのくせ昔と同じようなまなざしを向け、同じような言葉を口にして一葉を動揺させる。

「忘れたくせに」

恨み言をつぶやきながらはちみつの足を拭(ふ)いてやり、首のところを軽くハグした。生き物のあたたかさが心をなぐさめてくれる。

その夜、一葉は久しぶりに自慰(じい)をした。

寝室のブラインドを少し上げ、雪のほのかな明かりの中、庭の向こうにいる昔の恋人を思っていると自然に昂った。

「仁科——」

恋人の名前を口にすると、生々しい行為の記憶がいっきに蘇った。一葉は息を弾ませた。仁科の舌の大きさ、身体に入ってくるときの存在感、脈打つペニス、汗ばんだ肌の感触。ぜんぶ覚えている。自分に触れるときの熱のこもった目も。

「…仁科……」

上り詰め、快感とともに彼の名前を呼ぶと、寂寥が押し寄せた。

もうあの恋はとっくに終わってしまっているのに。

いっそ仁科と同じようにぜんぶ忘れてしまえたらどんなにいいだろう。

一葉は気怠く息をついて目を閉じた。

6

四月も半ばを過ぎ、ずいぶん日差しが柔らかくなってきた。天気のいい午後、公園ではちみつと遊んで遠回りして帰ると、ガレージの一番端に濃紺の車がおさまっていた。仁科の車だ。

一葉が気づいたのと同時に、尻尾ふりふり上機嫌で歩いていたはちみつが、おやっ、というように立ち止まった。

「はちみつ」

仁科が車から降りてきて笑顔になった。さっそくはちみつが大喜びでじゃれつきにいく。

「お帰りなさい」

一葉も自然に声が弾(はず)んだ。

月に二回の診察に、仁科は今回は新幹線ではなく車で出かけていた。いつもは二日ほどで戻ってくるのに、復帰に向けていくつか会議やシンポジウムに出席するとかで、一週間も留守だった。

仁科が隣人になって、あっという間に一つ季節が移り変わっていた。

いつの間にか気軽に家の行き来をするようになり、はちみつはもちろん、実家の母親までもがすっかり「お隣の仁科さん」と馴染(なじ)んでいる。一葉も毎日仕事から帰ってきて、向かいのテラスに明かりが見えないとなんとなくがっかりした。

最初のうちはいろいろ葛藤(かっとう)があったし、もう同じことは繰り返したくない、と一葉はかなり警戒していた。が、穏やかな日々を積み重ねているうち、気づけばすっかり仁科に気を許していた。どうせ時期がくればまた仁科は引っ越して行くんだし、というのを免罪符(めんざいふ)にして、隣人づき合いを楽しんでいる。

「早かったんですね。夜になるのかと思ってました」

「永森(ながもり)さんも、今日はお休みだったんですか?」

しゃがんではちみつを構っていた仁科が顔を上げた。

「ええ、やっと一息つきました」

「よかったですね」

仁科の目が明るくなった。

一葉はずっと仕事が忙しく、丸一日家にいられる日も休養に充てていたので、どこかに遠出しよう、という仁科の提案は実現しないままだった。

「それなら綿貫をこっちに誘ってみましょうか」

仁科が意外なことを言い出した。

「今回少し時間があったので、綿貫と飲みに行ったんです。綿貫も久しぶりに永森さんと会いたがってましたよ」

「いいですね」

てっきり二人きりで遠出しようと言い出すだろうと思っていたので、一葉は拍子抜けした。同時に自分の自惚れが恥ずかしくなった。どうも自分はすぐ仁科の好意を過剰にとらえてしまうようだ。

トランクからスーツケースを出している仁科を待って、一緒にコートハウスの中に入った。

雪の季節はとうに過ぎ、庭の樹木は新葉が光を浴びて輝いていた。暖かくなるにしたがって仁科が東京に戻る日も近づいてくる。賃貸契約は七月いっぱいのはずだが、診察のたびに「オフィスに顔を出してきました」とか「ミーティングに参加しろって言われて」と仕事の話が増えてきていた。経過が順調なこともあり、予定より早く復帰する可能性もありそうだ。

「よかったら、夕食食べに来ませんか」

いつもの誘いかけをしながら、仁科が手にしていた紙袋を持ち上げるようにして一葉に見せた。

「燻製の専門店でいろいろ買いこんで来たんです。永森さんがこの前好きだって言ってたしらすの燻製もありますよ」

「あっ、あれ美味しかったな」

思わず反応すると仁科が笑った。

「でも、それならうちに来ませんか。仁科さん、帰ってきたところで疲れてるでしょう。俺は今日休みだったし、ちょっと野菜買いすぎたから、消費するの手伝ってください」

「いいんですか?」

「ええ、もちろん」

仁科の顔がほころんだ。自然な笑顔に胸がきゅっと詰まり、やり直したい、とふと魔がさすように思ってしまうのはこんなときだ。仁科の好意にすぐ調子に乗るのは、結局自分も彼のことが好きだからだ。

気をつけないと、と一葉はこっそり自分をいさめた。

それじゃあとで、とそこで別れ、一葉は家に入るとさっそく冷蔵庫をのぞいた。母親が「仁科さんはチーズが好きらしいから」と持ってきた地元生産のナチュラルチーズも入っている。

ほとんど半同棲のようにべったりしていたわりに、彼が動物好きで懐かれる性質だとか、ヨーロッパにいたころチーズ工房でちょくちょくアルバイトしていたとか、一葉はぜんぜん知らなかった。

今思えばあのころはセックスばかりしていた気がする。若かったし、なにより肉体的な相性が抜群によかった。性愛で満たされていて、それで仁科のことはなにもかも知った気でいた。

散歩のついでに無人販売所で買ってきた新鮮な春野菜をさっと茹でて牡蠣のオイル漬と一緒にからめ、二ヵ月熟成もののチーズはスティック野菜と一緒にカットして皿に盛った。

食べることが好きな一葉は、仕事が落ち着くと無性に料理がしたくなる。でもそれはここに引っ越してきてからのことで、狭いワンルームでまともなキッチンがなかったころはほとんど料理しなかった。仁科が昔の自分を覚えていたら、「いちはが料理するのか」と驚くはずだ。

ここ最近、つき合っていたころのことをよく思い出す。

仁科が料理している間、一葉はたいていソファで寝転がって写真集を眺めたり、他愛のないことを話したりしていた。仁科はよく「いちは、なんか話して」とリクエストして、そのたびに一葉は「俺はラジオじゃないよ」と笑った。

——いちはをずっと見ていたい。

——いちはの話ならいくらでも聞いていられる。

一葉も仁科を知れば知るほど好きになった。

仁科は本当に純粋に建築が好きで、先人の仕事にはどんなものにでも敬意を払い、失敗作と評されている作品に対しても批判的なことは口にしなかった。彼の成功に嫉妬して陰口を叩いたり足を引っ張ろうとする人間には冷ややかな無視で通し、まったく動じない。そんなところも恰好(かっこう)いいな、と思って尊敬していた。

昔の仁科と今の彼を比べたり、当時はなんとも思っていなかったことを新鮮に思い返したりして、そのたびにもうあのころの記憶は自分の中にしかないんだな、と寂しくなった。

仁科はなにも覚えていない。

「いい匂いですね」

そろそろいいかな、とパスタ用の湯を沸かしていると仁科がやってきた。

すっかり隣人として馴染んでいて、仁科は「手伝いましょう」とキッチンに入ってきた。

一緒にはちみつを散歩に連れ出したり、どちらかの家で料理をしたり、恋人同士だったときにはこんな穏やかな時間はなかったな、と思う。最初のころは暇があればキスをしていたし、一葉の中に葛藤(かっとう)が生まれてからはまともに話をすることさえ困難になった。性愛のからまない自然なつき合いを、今になってやり直している感じだ。

「診察はどうでしたか?」

一葉の部屋にはキッチンテーブルがない。料理が出来上がると、いつものようにカウンターのハイチェアに並んで座り、一葉はなにげなく訊いた。

「特になにも。だいぶ記憶は戻ってますし、予定通り仕事復帰して問題ないと言われました」

仁科がフォークで牡蠣を口に運んだ。いつどの角度から見ても、仁科の食べかたは優雅だ。長い指や綺麗な爪を目の端で捉えながら、一葉は「こんなつき合いができるのもあと少しなんだな」と感傷的になった。

「ここは、七月まででしたっけ」

「賃貸契約はそうですね。でも六月から職場復帰することになりそうなので、そろそろ準備しないと」

「そうなんですか」

もしかしたら予定より早まるかもしれないとは思っていたが、そんなに早く？　と思わず仁科のほうを向きかけ、その拍子に仁科の手の甲に一葉の手が当たった。

「あ」

ほんの一瞬触れただけなのに、ぞくっと全身が総毛立った。触れたところから熱いものが身体中を走り、一葉はもう少しで変な声を洩らしそうになった。

「――」

恥ずかしくてすぐ手をひっこめたが、仁科は無言で一葉を見つめた。

問いかけるようなまなざしに耳が熱くなる。

改めて彼に惹かれていることを見透かされている気がした。ここ最近、毎晩昔のことを——ベッドで仁科としていたことを思い出して身体を昂らせていることも、感じ取っているかもしれない。

味などわからなくなっていたが、一葉はパテを塗ったクラッカーを一口かじった。喉が渇いてしょうがない。

なにか考え込んでいた仁科が、決心したように口を開いた。

「——主治医に、大事な人がいるのに、どうしてもその人のことを思い出せない、と相談したんです」

仁科の声はわずかに緊張していた。

一葉ははっと顔をあげた。まともに視線が合い、焦って目を逸らせた。心臓が激しく打っている。

「昔の恋人で、俺はその人のことが今でも好きなのに、どうやっても思い出せない。七年ブランクがあったくらいでなんでこんなに思い出せないのか、自分に腹が立つって」

今でも好き、という仁科の言葉に、一葉は息を呑んだ。

「脳機能に関することはわかっていないことの方が多くて、って結局いつもの説明で終わったんですけどね」

苦笑する調子で言ってから、仁科はまた急に黙り込んだ。ＢＧＭ代わりにつけていたニュースサイトの音声だけが響く。

「――俺は、あなたが好きです」

仁科が静かに言った。

「昔、どうしてあなたと別れたのか、今の俺にはわからない」

なぜ仁科はいつもこんなに簡単に俺の心をつかんでしまうんだろう。一葉は息を止めて自分の心臓の音を聞いていた。

「教えてほしい。俺はどうしてあなたにふられたんですか？　綿貫も知らなかった。俺があなたにべた惚れだったから、別れたと聞いて驚いたと言っていました。あなたに他に好きな人ができたんですか？　でも今は永森さんには恋人はいないんですよね？　あなたが別の人に心変わりして別れたんだとしても、今あなたに恋人がいないんなら――」

「でも仁科さんには新しい人ができたんでしょう？」

なにか考える前に、一葉は仁科を責めるように遮っていた。

「そしてその人たちのことはちゃんと思い出した」

仁科が言葉に詰まった。その反応に、突然腹の奥から怒りが湧いた。

そうだ、心変わりをしたのは仁科のほうだ。一葉はずっと仁科にとらわれ、誰にも心を許さないできた。しかたがない、と心の整理をつけたつもりで、ぜんぜん終わりにできていなかった。

それなのに、仁科は新しい恋をして、一葉のことは忘れてしまった。

「…わからない」

仁科が突然テーブルをこぶしで殴った。

「どうしてあなたのことだけが思い出せないのか、俺にもわからない。あなたが俺の恋人になってくれたのに別れるなんてありえないのに、それがどうしてだったのかも思い出せない」

激しい口調に思わず身体を引こうとした一葉に、仁科は一葉の腕をつかんだ。

「あなたは直接の理由は遠距離になるからだったって言ってたけど、それだけじゃないですよね？　だって俺は今ここにいる。あなたのところにだったらどんなに遠くても会いに行くよ。ずっとそばにいてほしいけど、そんなことで絶対に別れたりしない」

「別れましたよ」

急に頭が冷えて、一葉はゆっくり仁科の手を離させた。

あのときの仁科が目の前に蘇る。すべての情熱がいっきに冷めた、という無表情。

激しく求め、ぜんぶを奪ってから、一葉が別れを切り出すと「それならもういい」と突き放した。

恋人じゃないおまえは必要ない、とばかりに拒絶した。

自分は仁科にとって、肌触りのいいニットや書き味のいい製図ペンと同じ、ただの「必需品」

だった。

それを知ったうえで「もう一度」は絶対にない。

寂寥がこみあげてきて、一葉はそれを振り払うように笑った。

「本当に仁科さんはあっさりしてました。わかったって、それだけだった。俺は自惚れてて、引き留められるだろう、もしかしたら一発くらい殴られるかもって覚悟して、別れたあともときどきは会おうよって言うつもりでいたんですけどね」

最後は自嘲する調子になってしまい、一葉は仁科から目を逸らした。こんな自分は嫌いだ。

もう同じことは繰り返さない。

一葉は決心して立ち上がった。

「ちょっと待っててください」

少し前から考えていたことがあった。一葉は仕事部屋に入ってデスクの引き出しを開けた。一番奥に封筒が入っている。捨てることもできず、かといって目にするのは嫌で、仁科にもらった指輪はずっとそこに入れてあった。

そっと中をのぞくと、細いプラチナリングが鈍い光をまとっていた。ためらったが、一葉は指輪をつまみ、自分の指に嵌めてみた。冷たいプラチナが指に重い。いっとき見つめてから外した。

「これも覚えていないでしょうけど、あなたにもらった指輪です」

仁科のところに戻ると、一葉は手のひらに指輪を乗せて差し出した。仁科が目を見開いた。

「別れたときにお返しするつもりだったんですが、渡しそびれていました」

仁科は一葉の手の上の指輪を見つめた。

「――持っててくれませんか」

仁科が掠(かす)れた声で囁くように言った。その表情に、もしかしたら思い出してくれるんじゃないか、という淡い期待が消えた。

「もう十分持ってましたよ」

一葉は仁科の手を取って、指輪を握らせた。

七年たって、やっと指輪を返せた。

仁科は珍しくぼんやりしている。

「これでいいじゃないですか。仁科さんが仕事に復帰するまで、隣人として仲良くしましょう」

そして仁科は東京に帰る。

しばらくはちみつが寂しがってうろうろするだろうが、そのうち忘れるはずだ。

仁科が自分を忘れてしまったように。

7

永森ー、と軽く手を上げて改札を抜けてくる綿貫は、一葉の記憶の中より一回り大きくなっていた。

ときおり近況を知らせ合ってはいるが、会うのはほぼ二年ぶりだ。シルバーフレームの眼鏡はシャープなデザインなのに、綿貫がしていると優しい社会科の先生、という雰囲気になる。

「おまえ、ぜんっぜん変わらんなあ」

一葉を上から下まで眺めた挙句、綿貫は挨拶抜きでいきなり言った。

「綿貫はちょい大きくなった？」

「太ったとストレートに言え」

ははは、と笑い合うといっきに学生時代の気分に戻っていく。

「仁科は？」

「車。駐車場いっぱいだったから、路駐して待ってる」

仁科が東京に帰る日が早まりそうなので、せっかくだからその前に、と綿貫が観光がてら遊びに来ることになった。

「どうよ、永森」

「うん?」

並んでコンコースを歩きだしながら、綿貫がいきなりにやついた声で切り出した。

「仁科と」

「仁科と?」

「ヨリ戻したか?」

「は? なんで。ないよ」

びっくりすると、綿貫のほうも意外そうに目を見開いた。

「この前会ったとき、仁科はヨリ戻す気満々だったぞ。しょっちゅう一緒にメシ食ってるとかって嬉しそうに言ってたし」

綿貫とはなにかと連絡を取り合っているが、そこまで込みいった話はしない。仁科が引き上げる前に遊びに行くからよろしく、というメッセージがきたときもそれだけだった。

「俺はてっきり復活したんでよろしく、ってあてつけられるんだと思って、冷やかす気満々で来たんだけどな?」

「残念でした。本当にないから」

拍子抜け(ひょうしぬ)けしている綿貫に、一葉は笑って否定した。

指輪を返してからも、仁科とは隣人としてのつき合いを続けている。でも仁科が東京に帰ったらそれで終わりにしよう、と一葉は心に決めていた。

友人としてでも、もう会うことはない。

「だいたい、仁科は俺とつき合ってたことも忘れてるのに、ヨリ戻すもなにもないよ」

「えっ、思い出してないのか？　ぜんぜん？」

知らなかったらしく、綿貫が目を丸くした。

「本当かよ」

「そんなに驚かなくてもいいだろ」

これでもけっこう傷ついてるんだから、と苦笑いすると、綿貫は驚いた顔のまま首をかしげた。

「なんでだろうな。ずっと会ってなかったにしても、仕事関係は古い取引先の人とも会食してるうちに思い出したとかって言ってたのに」

「それだけ俺はどうでもいい存在だってことだろ」

「それはねえよ」

綿貫が呆れた声で即座に否定した。

「俺も医者じゃないから理由はわからんけど、頭の中ってのはそうそうわかりやすくできてないってことだな」

話しながらコンコースを出て、タクシー乗り場を行き過ぎると送迎の車が縦列(じゅうれつ)駐車で並んでいる。仁科の車は一番端に駐車していた。

近づくと、運転席から仁科が降りてきた。

「荷物は？　それだけか？」

「うん。あれ、おまえ車変えたの」

「もう三年乗ってる」

「そうだっけ」

二人の気軽な会話に、仁科が綿貫のことを完全に思い出していることがわかった。ここに初めて来て食事をしたときは、まだ七割くらいだと言っていて、綿貫、と呼び捨てにすることにもためらっていた。今は昔のままのごく気安い間柄に戻っている。

——それなのに、どうして俺のことだけはこんなに思い出してくれないんだろう。

一葉は初めて純粋な疑問を感じた。

医師からは、徐々に思い出すから必要以上に深刻にならないように言われている、と仁科は話していた。実際、この数ヵ月でほとんどの人の記憶は戻っているようだ。それなのに、こんなに身近に接している自分のことだけはまったく思い出してくれない。

どうでもいい存在だったからだ、とネガティブに捉（とら）え、深く考えるのが嫌で目を逸（そ）らしていたが、ここまで思い出してもらえないのは不思議な気がした。

三人で観光地を回り、綿貫の希望で温泉宿で一泊して、翌日の夕方、また綿貫を新幹線の駅まで送った。

「なあ永森」

帰り際、綿貫がふと思いついたように言った。

「おまえのことだけ思い出せないっていう、仁科のあれな。どうでもいいから忘れてるんじゃなくて、逆なんじゃないのか」

来たときと同じように駐車している車に仁科を残し、改札の前で一葉だけが見送りをしていた。

「仁科は確か、家族のこともあまりよく思い出せないって言ってたよ。そんときも、家族とは疎遠(そえん)だから、あまり会ってない人のことは思い出せないのかもなって話になったんだけど、——どうでもいいから忘れてるってのはなんかちょっと違う気がする。むしろ思い出すのがしんどいくらい特別だからとかなんじゃないのか」

一葉は旧友(きゅうゆう)の顔を見つめた。綿貫なりに気にかけて、あれこれ考えてくれたんだろうと思うとありがたかった。

「俺とか、最近つき合ってた相手とかは、あいつの中で別に引っ掛かりがないから普通に思い出せたんだよ」

実は一葉もその可能性を考えていた。でも、別れのときの仁科の未練のなさを考えると、そんなのは都合のいい自惚(うぬぼ)れだ、と自信がなくなる。

「おまえらさ、昔はバレないように外じゃ知らん顔してたし、三人で飲みに行ってもどっか気を使ってたからわからんかったけど、二人でメシ食ってるの、いい感じだった。おまえが相変わらずうまいうまいって底なしに食うのを仁科が楽しそうに見ててさ」

「底なしに食うって、言いかたひどくない？」

別に冷やかす意図はないとわかっていたが、気恥ずかしくて冗談で話を逸らすと、綿貫も笑った。

「まあ、こういうのは外野が口出すことじゃねえな。じゃ、仁科が東京戻ったら今度はおまえが遊びに来いよ」

「うん、ありがとう」

改札を抜けていく綿貫を見送りながら、一葉は「二人でメシ食ってるの、いい感じだった」という綿貫の言葉を反芻（はんすう）していた。

この数ヵ月ただの隣人として交流して、確かに一葉はごく自然に仁科に惹かれた。もし過去のことがなかったら、とっくにつき合っていただろうとも思う。

その上で、仁科が東京に帰ったら終わりにしよう、と一葉は改めて心に決めていた。

仁科は情熱を傾けてくれるけれど、それがいっきに冷めてしまうことがある、ということを、一葉は身をもって知っている。薄氷（はくひょう）を踏むような恋愛はしたくないし、自分だけが過去の記憶をもったままというひびつな関係が長続きするとは思えなかった。

あと少しだけ隣人として過ごし、今度こそいい思い出だけで別れよう。

ただ、どうして自分のことだけは思い出してくれないのか、理由があるのなら知りたいと思っていた。それに納得できれば、完全に仁科のことは終わりにして、今度こそ前に進めそうな気がしていた。

「永森さん、次の週末、安達公会堂を見に行きませんか」

車に戻って助手席に乗り込むと、仁科がエンジンをかけながら提案した。

「安達公会堂…って隣町の？」

「取り壊しが決まったみたいですよ。夕方のローカルニュースでやってました」

一緒に取り壊しの決まった戦後の有名建築を見に旅行をした、という話はしていた。つき合うことになったきっかけがその旅行だということも話した。が、仁科はやはり思い出せないようだった。

「はちみつも一緒に、ドライブがてら出かけたら楽しいかなと思って。これで最後ですし、つき合ってください」

仁科が引っ越しするのはそのすぐあとだ。

母親がよくドッグランに連れて行くので、はちみつはドライブ好きで、躾もちゃんとできている。仁科に懐いているから最後に出かけるのはいいアイディアだと思えた。

「じゃあ、土曜に」

「天気がいいといいですね」

仁科がなにげなく言った。

あの旅行のときは、最終日に雨が降った。

仁科は忘れてしまっていても、一葉は覚えている。

さしかけられた折りたたみ傘や、ホテルの窓を流れ落ちる雨の模様まで、一葉はぜんぶ覚えている。

8

土曜は朝から雲が多かった。

今にも雨が降り出しそうだったが、はちみつは実家から借りてきたペット用のシートボックスを見るなり大喜びで興奮し、仁科の車のリアシートにボックスを装着すると、自分で乗ろうとじたばたしていた。

「本当にドライブが好きなんですね」

一葉にお尻を持ち上げられているはちみつに、仁科が楽しそうに笑っている。

「いつも母さんが車でドッグランとか公園とか連れて行くんで、車に乗ったら楽しいところに行けるもんだと思ってるんですよ」

はちみつのために、一葉もリアシートに乗り込んだ。

今日の行先は隣の町にある公会堂で、近くにはＲＣ造集合住宅もある。どちらも若くして亡くなった建築家の数少ない設計だ。

「山ひとつ越えるんですね。地図だと近いけど」

ナビをセットすると、仁科は経路を確認して車を出した。はちみつがさっそく窓から鼻先を突き出す。ナビの到着予定時刻は一時間半後だ。これで最後だと思うとさみしかったが、はちみつも一緒にドライブできるのは単純に楽しみだ。

「そういえば、駅のところにある歯医者さん、永森さんの設計だそうですね。お母さんから聞きました」

赤信号に引っ掛かり、仁科がバックミラーごしに話しかけてきた。

「外観だけ見たんですけど、エントランスからパーキングまでの誘導がすごく考えられてて、いいですね」

「ありがとうございます。っていうか、母さんまた長話してご迷惑かけたんじゃないですか？」

一葉の母親はおしゃべりだ。はちみつが懐いたこともあり、仁科のことを気に入って、はちみつの世話にくるたび「これよかったら」となにかと仁科に差し入れをしては世間話をしているようだった。仁科は笑って首を振った。

「迷惑なんてないですよ。俺は肉親と縁が薄いから、永森さんがうらやましい」

最後のほうは独り言で、信号が変わり、仁科はまた前を向いて車を発進させた。

一葉は仁科の言葉を意味もなく反芻していた。――肉親と縁が薄いから、永森さんがうらやましい。

仁科の両親が離婚して、それぞれ再婚しているのは知っていた。仁科から話を聞いたのではなく、勝手に耳に入っていた。彼の母親は声楽家で、父親は実業家だ。さらに父親の再婚相手は一葉も知っているような舞台女優だったので、知り合いの誰かが「そういえば」と話したのをなんとなく聞いていた。親の離婚や再婚が軽くニュースになることのほうに注意が向いて、仁科がそれをどう捉えているかまでは考えていなかった。

「あの、仁科さんは、ご両親のことは思い出したんですか…?」

再会したとき、仁科は「疎遠だから家族のことも思い出せない」と言っていた。この前綿貫も同じようなことを話していた。

「俺は親に育ててもらってないんですよ」

仁科がなんでもないように言った。

「離婚したのが俺が六歳くらいのときで、両親がそれぞれ新しい家庭を持ちたいと希望したんで俺は父方の実家で養育されて――って、これも、そう説明されたからそうなのか、と思うだけで、ぜんぜん記憶にないんです。祖母や祖父のこともあやふやでよく思い出せていません」

「祖父って仁科幸嗣先生ですよね?」

「よく間違われるんですが、祖父の弟です。もうそのへんになると思い出せないのか、もともとと交流がなかったのか、俺にはさっぱり判断つきません。気持ちとしては天涯孤独ですね」

仁科は笑っているが、一葉は笑えなかった。

自分が仁科のバックグラウンドをほとんど知らないということに気づいて愕然としていた。

「俺はもう家族のことは思い出せなくていいんです。なんなら忘れて幸せな気がする。思い出したいのはあなたのことだけです」

ごく平凡な家庭で育っている一葉には、仁科の心情はうまく想像できなかった。

「つき合っていたときも、仁科さんはあんまり自分の話はしなかったから、初めて聞きました。俺はあなたのことを何も知らなかったみたいです」

ショックを受けている一葉に、仁科がバックミラーでこっちを見た。

「あなたといると、俺は自分のことなんかどうでもよくなるんですよ。それよりあなたを見たりあなたの話を聞いたりしてたい。前も同じだったたんじゃないかな」

はちみつがいつの間にか眠り込んでいた。愛犬の首のあたりを撫でながら、一葉は急にぐらつきだした自分の気持ちを持て余していた。

このまま終わりにして本当にいいんだろうか。

仁科のことが好きなのに、前の別れにこだわって手放してしまっていいんだろうか。

ナビの予定時刻より少し早く目的地についた。古い形式の公団住宅は、少し前まで居住者がいたらしく、立ち入り禁止にもなっていない。

「降りそうですね。もうちょっともつかな」

雑草だらけの敷地に車を入れると、先に仁科が降りて空を見上げた。はちみつはまだよく寝ている。ウィンドゥを少しだけ開けて、一葉も車から下りた。

四階建ての団地の上を雨雲がゆっくりと流れていく。

「貯水槽がアクセントになってて面白いな」

典型的な六十年代の団地で、設計的に見るべきものはないが、窓枠や階段の滑り止めに模様が入っていたり、細かい部分に思いがけない工夫がある。

「仁科さんと初めてちゃんとしゃべったのも、市民会館見学に行ったときなんですよ」

仁科がいつも持ち歩いている小ぶりのスケッチブックを出し、一葉は懐かしさにふと話したくなった。仁科が顔を上げた。

「いつですか?」

「あなたがうちの院に転入してきてすぐです。四月の終わり。取り壊しになるっていうんで見学に行って、そしたら仁科さんも見学に来てた」

今まで過去のことを詳しく話さなかったのは、思い出してももらえないのに一人で話すのが虚しかったからだ。仁科が耳を傾けている。

「仁科さん、そんなふうにスケッチしてましたよ。俺は話しかけていいのか悩みながら近づいて、そしたら気さくに返事してくれて、びっくりしたけど嬉しくて…」

仁科が手にしている製図用のペンも、スケッチブックも、あのときと同じメーカーの同じ製品だ。着ているのもまったく同じロングスリーブの黒のTシャツにデニムで、一葉はなんだかおかしくなった。

仁科はそこにいるのに、もういない。

あのときの恋の記憶は自分の中にしかない。

なにか大きなものが喪(うしな)われた気がして、一葉は仁科から目を逸らした。

気に入ったらそれしか使わない仁科が「俺はいちはじゃないと絶対だめだ」と言ってくれた。だから一葉はそれを信じた。あんなに簡単に切り捨てられるとは思っていなかったから、求められるまま、素直に恋をした。

ぬるい風にのって、小さな雨粒が頬を打った。

「雨だ」

顔をあげると、また額(ひたい)に落ちてきた。

仁科のスケッチブックにも小さな飛沫(ひまつ)が弾けた。隙間から雑草の生(は)えたアスファルトにみるみる雨が模様をつくる。ひとまず団地の一階に引っ込んだ。

「傘持って下りたらよかったですね」

降りそうだと思って車に積んできたのに、ちょっとだけだからと持たずに下りた。

「やむかな。ちょっと待ってみましょうか」

一葉が階段の一番下に腰を下ろすと、仁科も隣に座った。それを見計らったかのように雨が激しくなった。雑草の生い茂ったアスファルトに白い煙があがる。

「はちみつ、大丈夫かな」

仁科が心配そうに立ち上がった。

車は敷地の一番端に停めた。仁科が伸びあがって植え込みの向こうの車を見ている。一葉も様子を見たが、リアシートは静かなままで、はちみつはまだ眠っているようだ。

「目が覚めて誰もいなかったらびっくりするだろうな」

仁科は車に戻りたい様子だったが、一葉はもうちょっと待ってみましょう、と引き留めた。タオルも着替えもないし、ほんの五十メートルほどの距離だが、今外に出たら間違いなくずぶ濡れになってしまう。

「はちみつは雨が降るとよく寝るんですよ。ここから様子は見えるし、もうちょっと小ぶりになるまで待ちましょう」

隣の建物の上を緑がかった雨雲がすごい速さで通過していく。二人でまた階段に座り、雨を眺めた。

「雨の日って、なんか眠くなりますよね」

一葉は前屈みになり、両肘を膝について顎を支えた。単調な雨音を聞いていると、だんだん眠くなってくる。

「だるくて、でもなんかうとうとするのが気持ちいい」

あくびを嚙み殺していると、仁科もつられたように小さくあくびをした。

「仁科さん、運転して疲れたんじゃないですか?」

「いえ。でもこのごろあんまりよく眠れてないから」

仁科ははちみつが気になるらしく、鳴いていないか耳を澄ませている。

「大丈夫ですよ」

「でも置き去りにされたって思ったら可哀そうだ」

独り言のようにつぶやいた仁科に、一葉はふと、つき合っていたころ眠っている仁科を置いて家に帰ったことがあったな、と思い出した。

よく寝ていたから起こさないように、と思っただけなのに「なんで黙って帰ったんだ」ともすごく責められた。

そのときは「こんなことくらいで」と反発したし、地元に帰るかどうかで揉めていたこともあって、激しい言い合いになった。

でもあのとき、一葉はなぜか強い罪悪感を感じた。それで覚えている。たぶん、――仁科が妙に必死で、だから悪いことをした、と感じたのだ。

置き去りにされた、と思ったのかもしれない。

ふいに閃いた考えに、一葉はどきっとした。

そういえば、仁科はいつも「帰らなくていいから」と一葉を引き留めた。帰らなくていいから、そばにいてくれればいいから、一緒に暮らしたい、黙ってどこかに行かないでほしい——。

なにか大事なことを取りこぼしている気がした。

一葉が仁科から離れたくなった理由を、仁科は知らない。話してもきっと理解してもらえないと思ったし、うまく説明できる気もしなかった。

でも、それなら、仁科にも仁科の事情があったんじゃないのか。

あのころは自分のことで精いっぱいで、一葉は仁科を思いやるだけの余裕がなかった。彼のことをよく知らなかったし、知らないことにも無頓着だった。

あんなに大切に愛してくれたのに、一葉のことばかり聞きたがる仁科に、彼自身のことを訊こうとはしなかった。

「仁科さん…？」

肩に体重がかかり、見ると仁科がもたれていた。軽い寝息がする。

眠ってしまった仁科に、一葉はなんともいえない気持ちになった。自分によりかかってくる仁科がひどく無防備に見え、そのことに動揺した。

一葉の中で、仁科は男としてなにもかも上の存在だった。才能があって、自信に溢れ、いつでも堂々としている。仁科に手を貸さなくては、と思ったことなど一度もない。

でも今、仁科は一葉にもたれて眠っている。

帰らなくていいから、と仁科は口癖のように言っていた。そばにいてほしい、黙ってどこかにいかないでほしい――自分はなにか、大きな思い違いをしている。

仁科にだってきっと弱いところはあったはずなのに、気づかなかった。知ろうとしなかった。

雨は止みそうで、なかなか止まない。

薄暗い団地の入り口でさーっという雨音を聞いているうちに一葉もだんだん眠くなってきた。もたれてくる仁科の重みと体温が心地いい。何度も愛し合った大きな身体の感触に、一葉は目を閉じた。懐かしい仁科の匂いがする。

雨音に包まれて、たぶん、ほんの少しだけ寝てしまった。

とりとめのない夢をみて、ふっと目を覚ましたとき、まだ雨は降っていた。

「……いちは」

浅い眠りから現実に引き戻されて、一瞬記憶が混濁した。

すぐそばで自分を見つめている男に、一葉ははっと緊張した。

「いちは」

聞き違いをしたのかと思ったが、仁科の唇が動いて、今度ははっきりと聞こえた。

心臓が急に強く打ち始めた。

思い出したのか、と一葉はどきどきしながら仁科を見守った。仁科はまだ半分夢を見ているような、不思議な表情で一葉を見つめている。

「……仁科」

仁科の瞳に引き込まれ、思わず昔のように恋人を呼んだ。

つき合っているときも、一葉は仁科の下の名前は呼ばなかった。仁科が名前で呼ばれるのを嫌がったからだ。そんなにおかしな名前でもないはずなのに、つき合うようになってすぐのころ、智之(ともゆき)って呼ばれるのはあんまり好きじゃないんだ、と仁科は打ち明けるように言った。愛称で呼ぶのも仁科のキャラクターに合わない気がして、だからずっと仁科、とだけ呼んでいた。

仁科を名前で呼ぶ人は、呼んでいた人は……。

「俺の大事な人は、いつも俺を置いていく」

仁科がぼんやりとしたまま呟いた。

どこか焦点(しょうてん)の合っていない目に、まだ意識がうつろっているのがわかった。

昼間なのに夕方のように暗い。仁科はじっと一葉を見つめていた。

「仁科」

気持ち悪いほど心臓が激しく打っている。

「仁科、思い出してよ」

なにか考える前に口が勝手に動いた。

「なあ、俺のこと、思い出してよ」

　抑（おさ）えていた感情が突然堰（せき）を切った。忘れられたことが悲しくて、思い出してくれないことが悔しくて、肩をつかんで揺さぶった。

「仁科！」

　息を呑むように、仁科が大きく目を見開いた。

「俺だって仁科が好きだよ！　なんで思い出してくれないんだよ！　なあ、思い出せよ！　仁科！」

　感情が高ぶって、一葉は大声で叫んだ。

「俺だって仁科が好きだよ！」

「——いちは」

　仁科が名前を呼んだ。声に意思がある。

「思い出した…？」

　仁科はぎゅっと目をつぶって顔を伏せた。

「思い出したくない」

　仁科の声がふいに震えた。

「もう思い出したくない。やっと少しいちはを忘れられるようになって他の男とつき合ってみたけど、やっぱり俺はどうしてもいちはがよくて——でもいちはは俺を捨てていく」

　囁くような声に、一葉は言葉を失った。

あのころ、一葉は勝手に卑屈になり、正面から仁科と向き合わなかった。決して試すつもりで別れを切り出したわけではなかったが、仁科が追いかけてくれなかったことで彼の愛情を「その程度だった」とジャッジした。それだけ愛されることが当たり前だった。傲慢だった。

自分は仁科のプライドを傷つけたのではなく、おそらく彼の過去の傷を刺激したのだ、とやっとおぼろげに理解した。

捨てていかれた、置き去りにされた、その記憶を揺さぶった。

一葉が別れを切り出したとき、わかった、とだけ言って、仁科はぜんぶの表情を消してしまった。自分に対する情熱を失ったのだと受け取ったが、違う。

喉の奥から熱いものがせりあがってきて、一葉はこぶしを握った。

「ごめん」

別れを切り出したときも雨が降っていた。

「ごめん、仁科」

そのとき、急に強くなった雨音に交じって犬の鳴き声が聞こえた。きゅんきゅん、という情けない鳴き声に、仁科が弾かれたように顔を上げた。

「――はちみつ」

仁科がばっと立ち上がった。

「はちみつ！」

「仁科！」

ざあっと音を立てる雨の中を仁科が走っていく。一葉は夢中で追いかけた。外に出たとたん大粒の雨が叩きつけてくる。あっという間にずぶ濡れになり、スニーカーがばしゃばしゃ音を立てた。

「はちみつ！」

仁科がリアシートの窓に張りついていたはちみつをのぞきこんだ。はちみつが安心したようにぱたぱた尻尾(しっぽ)を振っている。

車にたどり着き、一葉は勢いあまって仁科の背中にぶつかった。

「あっ」

転びそうになったところを、仁科が腕をつかんで支えてくれた。

「いちは」

「仁科、俺もう一回やり直したい！」

ほとんど叫ぶように言って、一葉は息を切らして仁科を見上げた。

「今度こそちゃんとつき合いたい」

仁科は呆然としたように一葉を見ていた。

「別れたいって言ったとき、仁科が引き留めてくれなかったって、俺そんなつまんないことにこだわってた。仁科のこと何も知らなかったくせに」

仁科が目を見開いた。

「いちは」

ぐっと仁科の手に力がこもり、一葉はあっというまに仁科の胸に抱き込まれていた。お互い濡れそぼっていて、密着した胸に、仁科の心臓がものすごい速さで動いているのがわかる。

「仁科」

一葉も夢中で仁科の背中に腕を回した。

「俺があのとき、いちはを追いかけたら、いちはは俺を捨てなかったのか」

見つめてくる目に力がある。いちは、とはっきり口にした仁科に、記憶が戻っているのがわかった。

「仁科」

「追いかければよかった。でも怖かった。もう一回拒絶されたら、置き去りにされたら、二度と立ち直れない気がして」

一葉は腕に力をこめた。

「みんな俺を置き去りにしていく」

「ごめん！」

「いちは」

「ごめん。俺が仁科から逃げたのは、――自分に自信がなかったから。でももう二度と逃げな

い。仁科を置いていかない。約束する」

「いちは」

「約束する」

雨の中、触れ合った身体だけが温かい。

仁科の唇が近づいてきて、一葉は背伸びした。仰向くと雨がシャワーのように降り注ぎ、すぐ仁科の唇が重なってきた。

熱い舌が入ってきて、一葉はそれを迎え入れた。仁科のキスだ、と身体中が熱くなった。

何度も唇の角度を変えてキスを交わしているうちに、雨は徐々に弱くなった。

「――いちは」

息が続かなくなって、唇を離した。仁科がそっと一葉の頬に触れた。

「……俺は、いちはじゃないと絶対だめだ」

「うん」

涙がこみあげてきて、一葉は目を拭った。

「俺もだよ」

やっとそれだけ返事をすると、一葉は仁科にしがみついた。

「好きだ、仁科」

ずっと、自分からはこんなふうに口にしなかった。好きだ、と言うのはいつも仁科のほうからで、一葉はそれに応えるだけだった。

「好きだよ仁科……」

いつの間にか雨は止んでいた。雲の切れ間からは日差しが洩れている。

二人ともずぶ濡れで、お互いの格好に顔を見合わせて笑った。

そしてリアシートの窓に前足をかけたはちみつと目が合った。

はちみつは妙にぽかんとして飼い主たちを見ていた。

「…はちみつ」

「見てたのか」

急に恥ずかしくなったが、はちみつはやっとこっちに注目してくれた、とばかりに元気いっぱいに一声鳴いた。

おん、という陽気な声に、仁科と一緒にまた同時に笑った。

9

びしょ濡れのシャツやジーンズを絞れるだけ絞り、たまたまはちみつのシートボックスの中に入っていたタオルを駆使して、なんとか車に乗った。その間ずっと笑いっぱなしで、はちみつはハイテンションの二人に明らかに引いていた。でも嬉しくて、幸せで、勝手に顔が笑ってしまう。

「あ、虹だ」

通り雨のあと、山間に虹が出た。

「はちみつ、虹だよ」

首を撫でながら教えると、はちみつはお愛想のようにぺろっと一葉の手を舐めた。

「仁科、うちにくる？」

「どっちでも」

「風呂がでかいのはうちのほうかな」

コートハウスに戻ると、一葉はさっそく風呂に湯を張った。帰りの車は暖房をがんがんにつけてなんとかしのいだが、とにかく風呂だ。

そしてそのままベッドになだれこんだ。

「俺、ずっとしてないからね」

情熱的なキスにうっかり流されそうになったが、一葉はそれだけは言っておかないと、と注意喚起をした。仁科のセックスがすごいことは身をもって知っている。無茶をされたら大変だ。

「俺もだ」

仁科があおむけになった一葉の上に馬乗りになった。上からじっくりと眺められると、自動的に身体が熱くなる。七年の時間を飛び越えて昔と同じように求めあっているのが不思議だった。

「俺は仁科よりずーっと久しぶりだから」

つい数時間前まで「仁科さん」と呼んで隣人の距離感でいたのが嘘のようだ。仁科だ。これはあのころの――恋をしていたときのままの、仁科だ。

一葉が手を伸ばすと、仁科はその手を取って甲に口づけた。そのまま指先にもキスをする。

「俺はこんなこと、仁科と別れてからしてないよ」

今さら仁科の「ここ最近つき合ってた人たち」に嫉妬して口を尖らせると、仁科は驚いたように瞬きをした。

「本当に？」

「仁科みたいにもてないし」

拗ねてみせると、仁科が困ったようにひっそりと笑った。その表情が色っぽくて、一葉はどきどきしながら横を向いた。

「こっち見てて」

すぐに大きな手が顎をつかんで正面を向かせる。一葉は素直に従った。どうせベッドでは主導権など握れない。

「あ、――」

覚悟していても、仁科の愛撫は濃厚で激しかった。知っているはずなのに、ブランクが長すぎて受け止めきれない。

「――は…っ、あ、あ――仁科……っ、う……」

性感帯を知り尽くされている相手に本気で愛されたらどうなるか、身体のほうが先に思い出していた。ちょっと触れられるだけで過敏に反応し、声が洩れる。

「仁科……っ」

ベッドで一葉はほとんど一方的に泣かされるだけで、仁科は一葉になにもさせない。一葉がすることは感じている顔を見せることと快感を訴(うった)える声を聴かせることだけだ。

「――」

何度目かの絶頂のあと、仁科がやっとその気になった。足を持ち上げられ、一葉は息も絶え絶えで薄く目を開いた。ほろっと涙がこめかみを伝う。

「仁科」

「ん」

愛(いと)おしそうに見つめる恋人のほうに手をのばすと、いつものように手の甲に口づけられた。

「いちは、ずっとセックスしてないって言ってたよな?」

仁科の声にわずかに揶揄(やゆ)がにじんだ。セックスのときだけ、仁科はほんの少し意地悪くなる。

一葉は効果がないとわかっていながら、なんとかにらんでみせた。

「一人でしてたよ」

「それは……」

「仁科のこと考えてしてた」

聞きたいことを言ってやると、仁科は口元をほころばせた。意地悪そうなことを言っても、ちょっと一葉が嬉しがらせを言うだけで簡単にとろける。

「そういうことすっかり興味なくなってたのに、仁科が隣に来てから、昔のこと思い出して、ひとりでしてた」

「俺は自分に嫉妬してたよ」

仁科が笑った。

「いちはとつき合ってた自分に嫉妬して、なんで別れたんだって腹が立って」

「もうぜんぶ思い出した？」

「思い出した――っていうか、今どんどん思い出してるとこ。頭の中のメモリーが増えてる感じで、――いちはがどうされるの好きだったかとか……初めてここ感じるようになったときのこととか」

「言わなくていいよ」

恥ずかしくて仁科の腹のあたりをパンチしてやったが、仁科はじっと一葉を見つめた。仁科が何を思い出してる最中なのかと想像すると猛烈に恥ずかしくなった。

「思い出してよかった。忘れるなんてもったいなさすぎる」

言いながら仁科が目を眇めた。

「いちは」

急に声が甘くなり、一葉はぞくっとした。

仁科はベッドでなにも要求しない。ただときどき「上で」と騎乗位をうながすことがあった。最初は自分でまたがることも、中に入れることも恥ずかしくて抵抗があったし、不安定な体位でするのに慣れず、うまくできなかった。

「…あれするの?」

「嫌?」

「嫌って言ってもさせるくせに」

他のことでは一葉の嫌がることはぜったいにしないのに、なぜかベッドではわがままだ。そして一葉はベッドでは完全に仁科の言いなりになってしまう。

「いちは」

仁科が促し、一葉はあおむけになった仁科をまたいだ。もう何年もしていないのに、タイミングや角度を身体が覚えている。

「——……っ、ん、……」

仁科を後ろ手でつかみ、ゆっくりと腰を落としていく。何度も指や舌の侵入を許していて、一葉の身体は柔らかく仁科を呑み込んだ。

「――は……っ」

いっぱいに広がって、そこから快感が生まれる。仁科が下から熱っぽい目で眺めていて、一葉は見られることにも興奮した。

「いちは」

「いい…すごくいい……」

自分でも恥ずかしいくらい声がとろけている。中の仁科がさらに大きくなった。恋人が自分に興奮してくれることが嬉しい。

「はあ、あ、あ、あ……」

中の、好きなところを自分でこすると、息が乱れて甘く湿った。

気持ちいい。

「仁科…」

もっと。もっと。小刻（こきざ）みに揺すり、強くこする。気持ちいい。

「っ、はあ……はっ…はぁ…」

徐々に大胆に腰を使い、一葉はひたすら快感を追った。思考がとけて、頭にもやがかかる。

気持ちいいとしか考えられなくなったとき、ふいに下から突き上げられた。

「あ、ああ…っ」

甘い衝撃にのけぞると、すぐにまた突き上げられた。

「――あ、ああっ」

快感に息が詰まり、ぱたぱたっと音がした。仁科の腹から脇に精液がこぼれている。射精したのに意識が飛びすぎてちゃんとわからなかった。

「あ、あ、…っ」

仁科が手を差し伸べ、一葉はその手をしっかり握った。恋人の胸に倒れ込むと、仁科はしっかり抱きしめてくれた。

「もう、…無理…だけど…」

ちゃんと中でいきたいし、恋人を受け止めたい。

「前からがいい？　後ろ？」

荒い呼吸で囁かれて、一葉は自分でうつぶせた。

枕を抱えるようにすると、仁科の力強い手が腰を抱え上げた。

騎乗位は自分でコントロールできるぶん、どうしても手加減してしまう。後ろから一息に貫(つらぬ)かれて、一葉はぎゅっと目をつぶった。大きい。中を深くえぐられて、あまりの快感に声も出なかった。

「いちは」

興奮した仁科の声が耳を打つ。揺さぶられ、深く犯されて、連続で波がくる。

「ああ、ああ、…ッ……」

腿の裏を精液が伝った。中で仁科が射精したはずなのに、まだ犯される。

「う、う…っ」

びくびくっと中が痙攣をはじめた。

「仁科、仁科、も、いく…っ」

呼吸が苦しい。感じすぎて辛い。

「仁科……っ」

逞しい腕が一葉を抱きしめ、後ろから大きな男の身体がのしかかってくる。一葉は波に呑まれた。呼吸ができない。目を開けていられない。

「あ、あ、あ……っ」

仁科が唸るような声を洩らし、中で脈動するのがわかった。

「――いちは」

満足しきった声がして、ぜんぶの緊張が解けた。

緩やかに快感がほどけていく。

汗だくで抱き合い、しばらくお互いの息遣いだけを聞いていた。

「だいじょうぶか…?」

「うん」

これは仁科だ、と霞みかけた頭で一葉は深い安堵に包まれた。

「いちは?」

仁科が驚いたように顔をのぞきこんできて、一葉は自分が泣いていることに気がついた。

「ごめん。なんか…仁科が帰ってきた、って思って」

もうちょっとで失うところだった。間に合った。

「よかった」

「いちは」

仁科がこめかみの涙を拭ってくれた。

「もうどこにも行かない」

「うん」

「それでいっぱい話しよう。わからないことも、わからないなりに。もうどこにも行かないし、時間はいっぱいあるんだし」

「うん」

仁科が微笑んだ。

身体と心で繋がり合ったという充実感で、一葉は仁科の唇にキスをした。

10

家に帰ってドアをあけると、待ち構えていたはちみつがじゃれついてきた。

「ただいまただいま」

今までならひとしきり構ってやるところだが、一葉（かずは）はスーツの上着だけ脱ぐと急いで仕事部屋に入った。はちみつもついてくる。

仁科（にしな）が東京に帰って、二ヵ月経（た）った。

仕事復帰は順調で、そして二人の関係もこの上なく順調だった。休日には必ずどちらかが会いに行き、ほぼ毎日なにかしらやりとりしている。

いそいそ一葉が確認すると、パソコンのモニターにビデオ通話のリクエストが来ていた。仁科からだ、と知らず笑顔になって、一葉は急いでチェアにかけた。足の間に入ってくるはちみつを膝に乗り上げさせて、片手でモニターをオンにする。

先月から、仁科は仕事でタイにいる。

コールが反応する短いタイムラグの間に、一葉はモニターを鏡代わりにちょっと前髪を直した。

『いちは』

モニターに仁科が映った。いつもの黒のTシャツ一枚で、ホテルの椅子にかけるところだった。

『ごめんな、なかなか連絡できなくて。やっと落ち着いた』

着工が始まったこの数日はトークアプリにおはようとおやすみが来るだけだった。

「疲れてない？　大丈夫？」

『いちはの顔見たからもう大丈夫。でも会いたい』

「俺も。あとちょっとだけど」

来月になれば夏季休暇だ。タイの仁科と合流して夏を満喫（まんきつ）するスケジュールを立てていた。

『昨日、いちはの好きそうなインフィニティプールついてる部屋予約したよ』

「ほんと？　楽しみ」

『俺も』

甘ったるい会話を邪魔するように、はちみつがふんふんとモニターに鼻先をくっつけた。

『はちみつ、いちはが見えない』

仁科が文句を言っている。はちみつは自分に反応してくれた、と喜んでさらにモニターに張りついた。

「こらはちみつ、仁科が見えない」

愛犬をたしなめながら、恋人と過ごす夏を思って一葉は幸せに浸（ひた）った。

「好きだよ仁科」

はちみつに阻(はば)まれながらも、一葉はモニターに見え隠れしている恋人に向かって言った。

バンコクで過ごす今年の夏は、きっとものすごく暑くなる。

帰る家

1

窓から見えていた市街地が小さくなっていき、雲に覆（おお）われて見えなくなった。

機体が安定すると揺れが少なくなり、空を飛んでいるという感覚も薄くなる。

シートベルト着用サインが消え、続いて機器使用許可のアナウンスが入った。仁科（にしな）はせっかちに上着の内ポケットからスマホを出した。連絡用のアカウントにメッセージが届いている。

一葉（かずは）からだ。知らず口元がほころんだ。

〈今仕事終わった！　間に合いそうだから空港まで迎えに行くよ。出口のとこで待ってるからね〉

羽田（はねだ）で国内線に乗り換え、機内に乗り込む直前に一葉に到着時間を知らせるメッセージを送っていた。その返事だ。

一葉も少しでも早く会いたいと思ってくれている。

了解、と手早く返し、仁科は安堵（あんど）でほっと息をついた。毎日何かしらやりとりはしているが、会うのは二ヵ月ぶりだ。早く画面越しではない顔が見たい。一葉に触れたい。抱きしめたい。

そして安心したい。

一葉と七年ぶりに再会し、新たに気持ちを確認し合って一年半ほどが過ぎた。

お互い仕事が忙しくてなかなか会えないが、そのぶん長期休暇は一緒に過ごせるように調整しているし、一葉はこまめに連絡をくれる。不安になる要素などなにもない。

それなのに仁科はいまだに一葉が心変わりしていないか、自分から離れていかないか、心のどこかで心配していた。

二年前、仁科は帰宅途中のタクシーで事故に遭い、高次脳機能障害を負った。幸い医師の見立て通り、記憶障害は一時的なもので、今では思い出さないままのほうがよかったな、ということまで思い出している。

一葉に別れたいと告げられたときの心臓の冷たくなるような感覚や、気持ちが離れていくのがわかるのにどうすることもできないでいた無力感まで思い出していて、そこは忘れたままでいたかった、と思わずにはいられなかった。

「仁科を嫌いになったとかじゃないんだ」

どうしてあのとき離れて行ったのか、二度と同じ轍は踏みたくなくて尋ねたら、一葉は気まずそうに答えた。

「仁科と自分を比べること自体おこがましいんだけど、同じ年だし、同じ研究室だったし、その…そばにいたら自分が惨めになっちゃって、それに耐えられなくなったっていうか……」

一葉の心情はあまりよく理解できなかったが、「でも、もうそういうのは克服したから。安心して」と言われたので、それ以上は考えないことにした。

大切なのは、一葉が戻ってきてくれたことだ。仁科は半分無意識に胸元を触った。そこにはいつもチェーンに通したリングがある。学生時代、初めての仕事で買ったペアリングだ。一葉が去っても捨てることなどできなくて、ずっと箱にしまっていた。

改めて恋人になったとき、一葉は「この片方、まだ持ってる？」と確かめて、細いプラチナのチェーンを贈ってくれた。

「指にするのは恥ずかしいけど、これだったらいつもつけてられるだろ？」

言いながら、一葉はそのとき着ていたニットの襟元（えりもと）から細いプラチナのチェーンを引っ張り出した。見覚えのある指輪がペンダントトップのようについている。

「指輪は仁科がくれたから、チェーンは俺ね」

「え？」

細長いギフトボックスを手渡され、仁科はしばらく固まってしまった。

学生時代は一葉がなにかをしてくれることなどありえなかった。一葉は決して驕慢（きょうまん）な性格ではないが、とにかく愛情の多寡（たか）に差がありすぎた。

自分の情熱にほだされて恋人になってくれた、ということはわかりすぎるほどわかっていたから、一葉になにかしてほしいと思ったこともない。

「もしかして、こういうの嫌いだった？」

驚きすぎていつまでも固まっている仁科に、一葉が不安そうな顔になった。

「まさか！」

慌てて、声が大きくなった。

「もちろん嬉しい…、すごく嬉しい。ありがとう」

一葉はほっとしたように笑って、ネックチェーンに指輪を通し、仁科の首につけてくれた。

「それで、これからは仁科の話も聞かせてよ」

一葉がちょっと責めるように上目遣いで仁科を見た。

「いつも俺ばっかりしゃべってるだろ。俺だって仁科の話を聞きたいよ。プレゼンとか、得意じゃんか。スピーチも上手いし。そうだ、この前の現代建築シンポジウムの挨拶(あいさつ)、めちゃかっこよかったよ」

「え、いちは、来てたのか？」

「まさか。ネットで見たの。字幕つきで」

俺、仁科の声すごく好きなんだよね、と一葉のほうでも以前はそんなことは言わなかった。

「照れくさかったし、いろいろ素直じゃなかったからね」

一葉は生真面目(きまじめ)な表情になって、仁科のリングにそっと触れた。

「でも、いつまでもそれじゃだめだから」

大きな荷物はぜんぶ航空便で送っていたので、ターンテーブルを素通りしてまっすぐ出口に向かった。

一葉がどこにいるのか、仁科はいつでもすぐにわかる。

出迎えの人が固まっている中、ベージュのコートを着た一葉は埋(う)もれてしまっているはずなのに、仁科にはぱっと目についた。

スーツの上からトレンチコートを着て、この前会ったときより髪が短くなっている。一葉のほうもすぐ仁科に気づいて軽く手を振ってくれた。目が合っただけで胸がきゅっと甘く詰(つ)まる。仁科は早足でゲートに向かった。

ほとんど毎日、画面ごしに話をしているから髪を切ったことは知っているのに、実際の一葉を目にすると新鮮だった。

「いちは」

一葉を見ると、どうしていつもこんなに胸が高鳴るのか、自分でも不思議だ。

初めて見たときからそうだった。なぜだろう。一葉はきれいな顔をしているが、誰もが振り返るような美形というわけではない。人目を引きやすいというならむしろ仁科自身のほうだ。今もすれ違った人が思わず、というように仁科のほうを見た。

なぜ自分が人目を引くのかはわからないが、十代の頃は祖父の仕事の関係で欧州(ヨーロッパ)のあちこちで過ごし、アジア系に対する不躾(ぶしつけ)な視線や差別的な待遇もさんざん経験してきた。いい意味でも悪い意味でも注目されることには慣れている。今さら他人にどう思われようが平気だ。

一葉以外には。

「おかえり」

一葉が人混みから抜け出して近寄ってきた。髪が短くなったぶん、耳もとから首がすっきりして、きれいだ。

一葉が自分をどう思っているかだけは、ものすごく気になる。この世で唯一、仁科が弱くなる相手だ。

「ただいま」

一葉が首をすくめるようにしてふふっと笑った。照れくさいときの癖だ。

「荷物、それだけ?」

「面倒だから全部送った」

話しながら駐車場に向かう。十二月に入ったばかりで、天気もいいので冷え込んではいないが、建物を出るとさすがに風が冷たい。

「寒いね」

一葉がマフラーを外して手渡してきた。

「いちはが寒いだろ」

一葉の首に戻そうとしたら、止められた。

「北国育ちより南国帰りのほうが辛いって。いいから使って」

一葉の首が寒そうなのを見るほうが嫌だったが、一葉の好意を受け取らないという選択肢もない。

マフラーには一葉の体温が残っていて、とても温かかった。

2

頬に濡れた感触がして、はっ、はっという荒い息が聞こえた。マットレスが沈んで、小刻みに振動する。

「…ん……」

眠りから覚めて、仁科は無意識に隣にいるはずの恋人のほうに手を伸ばした。

「——いちは…?」

恋人の存在を確かめようとしたら、思いがけずもしゃっとした毛並みが触れた。

「うわっ」

びっくりして跳ね起きると、一葉の愛犬がアップで目の前に迫っていた。

「はちみつ」

一葉の家の寝室だ。ブラインドからは細い朝の光が洩れている。

上機嫌のはちみつが大喜びでじゃれついてきて、仁科はくすぐったさに声を出して笑った。

ダブルベッドの半分が空っぽで、一瞬どきっとしたが、半開きのドアの向こうから物音が聞こえた。それでもちゃんといるのか確かめたくて、仁科は急いでベッドを下りた。はちみつが猛烈な勢いで頭を擦りつけてくる。

「はちみつ、ちょっと待って」

昨日、一葉とコートハウスに戻ってきたときもはちみつは大興奮で、玄関を開ける前からドアの向こうでわふわふ騒いでいた。人間には敬遠されがちなのに、なぜか動物にはものすごく懐かれる。

「——仁科?」

セーターを着ようとしていると、ドアから一葉が顔をのぞかせた。

「ごめん、ドアちゃんと閉めてなかったからはちみつが勝手に入っちゃった。まだ寝てていいのに」

「いや、もう起きる」

時計を見ると九時を少し過ぎている。

昨日は夕方から夜中まで、ずっとセックスしていた。久しぶりだったので一葉も情熱的で、いつ寝入ったのか覚えていない。

コルク材の床はほんのりと暖かく、裸足で室内を歩くと日本に帰ってきたな、という実感が湧いた。

「いちは」

「ん?」

電動ブラインドのスイッチを入れていた一葉が振り返った。着ているトレーナーの襟ぐりが広く、すっきりしたうなじがよく見える。一葉は立ち姿がきれいだ。

昨夜さんざん堪能したはずなのに、目にすると手を差し伸べずにはいられなかった。

「いちは」

少しかがんでキスすると、一葉の両手が自然に背中にまわってきた。髪の中に鼻先を突っ込んで一葉の匂いを深く吸い込む。たちまちエロティックな気分が湧き上がってきた。

「ふふ」

性懲りもなく堅くなりかけた下半身を押しつけると、一葉も体重を預けてきた。どうも身体の相性がよすぎる。

「――だめだね」

もう一回ベッドに逆戻りしたくなったが、一拍置いて一葉が笑った。足元ではちみつがぐるぐる回っている。

「だめか」

仁科も嘆息して笑った。

昨日は二人で早々に寝室にこもってしまったのが、はちみつ的には不満だったらしい。見上げてくる目が今度こそ遊んでもらえる、とばかりにうきうきしていて、これを追い払うことはとてもできそうになかった。

「あとで散歩に行こうな」

しゃがんで首のところを撫でてやると、はちみつは上機嫌に尻尾（しっぽ）を振って「ついてこい」とばかりに寝室を出て行った。すっかり色っぽい空気も霧散（むさん）して、一葉と苦笑し合って大人しく寝室から出た。

「いちは、仕事してたのか?」

「ちょっとね」

リビングダイニングの一角がワークスペースで、パソコンの二面モニターが作業中になっていた。

その横の飾り窓からは隣の棟（むね）のテラスが見える。仁科がいまだに借りている家だ。一葉には駅前のマンションならもっと安くて済むのに、と言われているが、仕事部屋として使う以外にも、一葉が忙しいときには邪魔にならないようにはちみつとそっちに引っ込んでいられるので借り続けている。

「忙しいなら、はちみつと向こうに行ってるけど」

「いや、工務店さんと打ち合わせする図面確認してただけだから。仁科は？　東京の事務所はいつまで?」

「明日から行って、木曜にはこっち戻るよ」

「じゃあ、向こうに二泊か」

「うん。面倒だからホテルとった」

「えっ、また?」

東京にも部屋を借りているが、ここのところステーションホテルが定宿になりつつあった。

「向こうのマンション、ずっと閉めきりだよね。空気の入れ替えくらいしないとまずいんじゃないの?」

「もうあそこは引き払う。どうせ年間で二ヵ月くらいしかいないから、ホテルのほうが合理的だ」

深夜になっても徒歩で帰れるようにと事務所からの近さ優先で決めた部屋なので、どこに行くのにもアクセスがあまりよくない。

「仁科ってホテル暮らしでも平気だもんな。俺は味気なくて無理だ」

一葉が嘆息した。

贅沢な環境で育ったのでいろんな方面に目が肥えているという自覚はあるが、仁科は基本的に自分が愛着を持ったもの以外にはなんのこだわりもない。仕事で使うものと肌に触れるもの、あとは一葉がそばにいてくれる環境さえ確保できたらそれでよかった。

「いちはは、予定通り？」

「うん。コンペの日程変わったらどうしようかって思ってたけど大丈夫だった」

今回は二週間の休暇で、一葉もそれに合わせて十日ほどをオフにしてくれていた。

予定を話し合いながらキッチンで一緒に朝食の準備をして、カウンターに並んで座った。簡単なサラダと卵料理、一葉が設計を頼まれたブーランジェリーのバゲットは歯ごたえがあって香ばしい。足元にじゃれつくはちみつを適当に構いながらコーヒーを飲むと、心からリラックスした。

「そういえば、いちは、前にうちの別荘行ったの覚えてるか？」

学生時代、一葉と過ごした一週間ほどのことは、忘れたままにならなくてよかった、と思う記憶の筆頭だ。朝から晩まで二人きりで過ごし、ひたすら甘い恋に浸った。

「覚えてるよ、もちろん。すごい広くて、これってホテルじゃないのってびっくりしたなあ」

もともとは従業員の保養所として建てられた物件なので、確かに規模としてはプチホテル並みだ。当時はまだ常駐の管理人がいて、一葉と滞在したときは親戚が招待した知らないグループも来ていた。

「あの別荘、このところ誰も使ってないみたいで、管理会社から暖炉のメンテが終わったからいつでも利用してくださいってメールが来てたんだ。行くか？　たぶん貸し切りだ」

「えっ、貸し切り？」

一葉が目を丸くした。

「今は常駐の人はいないけど管理会社に任せてるから、頼んだら清掃と食料の補充はしてくれる。たぶん、暖炉を使って欲しいんだ。あの暖炉は使わないとメンテが大変になるから」

「あー、暖炉。そういえば、入ってすぐのとこにでっかい暖炉あったよね。マントルピースかと思ってたけど、あれ本物だったのか。エントランスにグランドピアノも置いてたっけ」

一葉が懐(なつ)かしそうに目を細めた。

「子どものころはときどき滞在してたって言ってたよね。夏休みにあんなとこで過ごせたらいいなあ」

「夏より冬が多かったかな。今はもう冠婚葬祭(かんこんそうさい)で会うくらいだけど、俺が子どものころはまだ大叔父(おおおじ)が元気だったから、クリスマス時期は親戚で集まったりしてたんだ。暖炉の横に本物の樅(もみ)ノ木のツリー飾ったりしてた」

そしてそれは仁科にとっての数少ない家族との時間でもあった。

母親と従兄弟(いとこ)のピアノ伴奏(ばんそう)で讃美歌(さんびか)を歌ったり、父親も混じってみんなで雪合戦をしたりした。楽しかったが、つかの間の時間だとわかっていたから、はしゃぎきれなかった気もする。

結局両親は仁科が小学校に上がる前に離婚して、そのあと三人で顔を合わせたのは祖母の葬儀一度きりだ。

そんな話をぽつぽつとした。一葉はカウンターに肘(ひじ)をついて黙って聞いている。

自分からこんな話をしようとは思わないが、いつからか、一葉に促されるまま話すようになっていた。

「親戚で別荘に集まってクリスマスかあ」

両親の離婚に触れて口が重くなったと感じたらしく、一葉がおおげさにはー、と息をついて話を引き取った。

「なんていうか、つくづく上流階級って感じ」

「そんな大層なもんじゃない」

「いやいや、大層なもんだよ。ねえ、それって食事とかどんな？　七面鳥焼いたりするの？　もしかしてシェフ連れってたり？」

明るい口調に、沈みかけていた気分も持ち直す。

「いくらなんでも連れてったりはしてないと思うけど、地元のレストランのシェフを呼んでたんじゃないかな。何人か厨房で作業して、サーブもしてくれてたから」

「やっぱ雇うんだ。シェフを」

一葉が唸った。

「それで、親戚集まったらなにすんの？　まさかウチみたいにコタツで麻雀とかじゃないだろ？」

「麻雀はしないな」

「ほんじゃボードゲームとか？　あ、チェスとか！」

「覚えてないけど、音楽やってる親戚多かったから、代わる代わる楽器演奏してたかな」

「なるほど…楽器演奏…」

一葉がなぜか急にトーンダウンした。

「でも仁科、本当に記憶ぜんぶ元通りになったんだなあ」

一葉がしみじみと仁科を眺めた。

「子どものころの記憶なんか、どこまで覚えててどこまで元通りになったのか、確かめようがないけどな」

「まあ、それはそうか」

「で、どうする？　行く？」

行く行く、と一葉が乗り気になったので、仁科は管理会社からの一斉メールに返信を打った。

「それじゃ今日はうち行こうか。仁科帰ってくるって話してるから母さんも華も待ってるよ」

華というのは一葉の三つ年下の妹だ。

この二年ほどで、一葉の家族とはずいぶん親しくなっていた。今では一葉が実家に行くときは当たり前のように同行している。

一葉の実家は三世代同居で賑やかな上に、従業員や取引先の営業もしょっちゅう食卓を囲んでいるので、最初はどこまでが家族なのかわからなくて戸惑った。

「いつもこんな？」

初めて「母さんに仁科も呼べって言われたから」と誘われて出かけて行ったときは、猟が解禁になったからと大勢で猪鍋を囲んでいた。台所や居間、庭にまでいろんな人がいて驚いた。

「まあ、今日は特別だけど、昔っから親戚はノーアポで来て普通にメシ食ってったりするよ。母さんが客好きだし、うち一応本家だから」

猪鍋のあともちょくちょく呼ばれて、いつの間にか一葉のところにいる間は一度は顔を出すのがあたりまえになっている。

「俺、こっちで仕事してるわけでもないのにいちはの隣にずっと家借りてるの、変に思われてないかな」

一葉が「今日、仁科とそっち行くよ」と連絡しているのを聞いていて、ふと心配になった。

大学院の研究室で一緒だった友達、と紹介してもらっていて、今までのところはそれで通っているが、明らかに不自然だ。

「都会のお金持ちの建築士さんが、別荘代わりに家借りてるんだろ、くらいに思ってるよ」

スマホをポケットに入れながら、一葉はこともなげに答えた。

「もし訊かれたら、そのときは仁科のこと彼氏だって言うつもりだけど、…友達ってごまかされるの、嫌になった？」

「まさか」

地方の保守的な価値観を考えると、伏せておいた方が無難だ。

「わざわざ言う必要ないだろ」

女性陣は好意的に捉えてくれる気もするが、真正面から「彼氏」と言われれば動揺するだろうし、もしかしたら嫌悪感を持たれてしまうかもしれない。父親や義弟にいたってはまず理解してもらうのは無理だろう。

仁科は自分の指向を恥ずかしいと思ったことはないし、他人からどう思われようが気にしない。ただし一葉に関係するとなると話は別だ。現在の仁科の人生の最優先課題は「一葉を失わないこと」になっている。必要のない危険は冒したくなかった。

「まあ、結婚するとか子どもできたとかなら報告しなきゃだけど、そういうきっかけもないしなあ。訊かれたら普通に言うつもりだけど、一番勘づきそうな華でも、ゲイとか同性婚とか、そういうのはなんかすごいドラマみたいな別世界の話って思ってるふしあるから、俺たちがどうのこうの、考えつきもしないいんじゃない？」

「そうなのか？」

「たぶんね」

それでいいのか、「もし」が起こったら一葉の立場が悪くなったりしないのかと気がかりだが、一葉が意外に肝が据わっていることは知っているし、一葉のことは一葉自身の判断に従うのが筋だとも思う。

「仁科が来るんだったら今日はいい肉買いに行こうって張り切ってたよ。まあ自分たちが食べたいだけなんだけどさ」

一葉の家族が当たり前のように受け入れてくれることが、仁科は素直に嬉しかった。それに一葉が言うことはそのまま受け取ると決めている。

勝手に気を回したり、深読みしたりしない、思ってることは口に出す、と改めてつき合うことになったとき、一葉と約束をした。

だから一葉が大丈夫だ、と言うのならそれを信じるだけだ。

「さー、そんじゃそろそろ散歩行くか」

はちみつがそわそわと玄関とリビングを往復し始めている。

一葉が勢いをつけて立ち上がると、はちみつは全力で尻尾を振った。


有名観光地の近くだということもあって、一葉の家の近所は洒落(しゃれ)たレストランやカフェ、センスのいい地元工芸品を扱う店などが点在している。冬は寒さが厳しいが、空気が澄んでいるので風のない晴れた日は歩いていて気持ちがよかった。

「永森(ながもり)さん」

「あ、こんにちは」

実家に持っていく手土産に、と一葉が設計を担当したブーランジェリーに向かっていると、小型犬を腕に抱えたマダム風の女性に声をかけられた。そばのトリミングサロンから出てきたばかりのようだ。

「もう落ち着かれましたか？　住み心地はいかがですか」

一葉がにこやかに話しかけた。どうやら一葉のクライアントらしい。

「最高ですよぉ。サンルームもね、すっごくよかった。主人も永森さんにあれ提案してもらってよかったって毎日言ってるんですよ。クロゼットもウォークスルーで大正解でした。風が抜けるから湿気がこもらないのね。ほんとさすがよね～」

ポメラニアンを地面に下ろしながら、女性は陽気な早口で話し、はちみつに気づいてにっこりした。

「お散歩に連れて来てもらったの？　よかったわねえ」

はちみつは内弁慶なので、知らない人が近寄ると激しく警戒するが、自分を可愛がってくれる人はわかるらしく大人しく撫でられている。

「お友達にもすごく評判よくて、どこの設計事務所に頼んだのって訊かれるんですよ。永森さんのお名前出して、宣伝しときましたから」

「それはありがとうございます」

「もしリフォームすることになったら、また相談乗ってくださいね」

「もちろんです。いつでもご連絡ください」

仕事モードの一葉を見ることはめったにないので新鮮だ。

「お引き止めしてごめんなさい。それじゃまた」

そのあとも少し話をして、女性がポメラニアンを連れて駐車場のほうに向かった。

「ごめんな、待たせて」

「いや。クライアント？」

「うん。自宅の建て替えを依頼してくださって。ご自分でもいろいろ調べて要望されるかただから、勉強になったし、楽しかったよ。俺、特殊左官とか初めてやった」

大人しくしていたはちみつが、また尻尾ふりふり歩き出した。

そのあと寄ったブーランジェリーでも、オーナーが一葉の姿に気づいてわざわざ奥から出てきた。オーナーはまだ若い夫婦で、よかったら、と焼きたてのバゲットをもらって店を出た。

「いい店だな」

「だろ？　あそこ変形地で制約多かったけど、そのぶんアイディア絞り出していい店舗設計できたと思うんだよな」

一葉が誇らしげに胸を張った。晴れやかな横顔に目を惹かれる。

「いちは」

「ん？」

「俺はたぶん一生個人の住宅設計とか店舗設計はやらないけど、――いちははいい仕事してるし、…ちょっと羨ましい」

一葉はびっくりしたように一瞬目を見開き、それからほんのりと笑って首をすくめた。

「ありがとう。なんか、嬉しい」

バゲットの入った紙袋を揺すり上げて、一葉は仁科を見上げた。

「あと、仁科がそんなふうに自分から思ってること言ってくれたのも、同じくらい嬉しいよ」

3

仁科優、と管理会社の担当者が名前を出しても、仁科は一瞬それが誰なのか思い出せなかった。

一つには別荘に滞在者がいるとは予想していなかったこともある。

「優――ああ、優ですか」

やっと思い出した。仁科優は、二つ年上の仁科の従兄弟だ。ここしばらく会っていないが、お互い一人っ子同士だったこともあり、子どものころはかなり仲良くしていた。

「従兄弟？」

通話を切ってスマホをナイトテーブルに戻すと、横で話を聞いていた一葉が寝返りを打って足を絡めてきた。朝起きるとまず隣の一葉を抱き寄せるのが習慣だが、今日はそうする前にスマホの着信音で起こされた。

「一週間の予定で滞在してて、俺たちが向こう着く日に出発予定らしい」

昨夜は一葉の実家で夕食をご馳走になり、遅くに帰ってきた。はちみつは実家でたくさん遊んでもらって疲れたのか、今日はまだ寝ているようだ。一葉の姪っ子に動物アレルギーがあってはちみつを引き取ったらしいが、幸い姪っ子のアレルギーは軽快していて、今では実家に行くときには必ずはちみつも連れて行く。

昼から東京の事務所に行く予定なので、そろそろ起きよう、と仁科は一葉の頬にキスをしてベッドから下りた。

「すれ違いになるけど、一人で来てるらしいから、もしかしたら昼飯くらいは一緒にって話になるかもしれない。いいよな?」

「もちろんいいよ。っていうか、仁科の親戚の人と会えるの、楽しみ。どんな人?」

一葉もそもそと起き出しながら興味深そうに訊いた。

「俺より二つ上で、俺が大学入った年に作曲の勉強するのに留学したけど、それまでの四ヵ月くらいは一緒にあのマンションに住んでた」

「ああ、あそこ広かったもんね。そういえばピアノも置いてたっけ。今は?　ピアニストとか?」

「いや、どこかのコンクールで入賞したとかって聞いたけど、よく知らない」

最後に会ったのは、祖母の葬儀のときだ。仁科は仕事が立て込んでいたので、ゆっくり話すような余裕がなかったし、連絡先を交換したりもしなかった。

「そんじゃ本当に久しぶりなんだ。会えたらいいね」

一葉が屈託(くったく)なく言った。その明るい目に、ふと従兄弟の面影が重なった。

「そういえば、優と一葉はちょっと似てるかもしれない」

「へー、そうなの？　じゃあよけいに会ってみたいな」

学生時代、仁科はただ一葉がそばにいてくれることだけを願っていた。

一葉さえいればいい、という気持ちは今も変わらないが、一葉の身近な人たちに受け入れてもらえるのは、二人きりでいるのとはまた違う充実感があった。同じように一葉が自分側の人間と親しくなりたい、と思ってくれるのが嬉しい。

「何時くらいに発(た)つ予定なのか、聞いてみようか」

直接の連絡先はわからなかったが、もう一度管理会社に電話をしてみると、昼前に引き上げるつもりだったが夕方まで延ばす、というレスポンスがあった。優のほうでも懐かしさから会いたいと思ってくれたようだ。

「よかったね」

一葉が嬉しそうに笑った。一葉が喜んでくれることが嬉しい。

そして三日後、仁科は久しぶりに従兄弟と再会した。

一昨日(おととい)は吹雪(ふぶ)いて大変だったんですよ、とレンタカーの車両チェックをしながら店員がぼやく調子で言った。

「昨日でだいぶ除雪(じょせつ)できてますし、しばらく天気はいいみたいなんでお客さんはラッキーですよ」

その言葉通り、晴天に白い稜線(りょうせん)がくっきりと浮かび上がっていて、今は刺すように空気が冷たいが、陽が高くなるにつれ気温も上がりそうだった。

雪道は俺のほうが慣れてるから、と運転は一葉がしてくれた。

「寝てていいからね」

「うん。ありがとう」

東京のスケジュールは押しに押して、もう少しで二泊が三泊に延びるところだった。なんとか予定通りに打ち合わせや会議、会食をこなして新幹線に乗ったが、そのぶんだいぶ睡眠を削(けず)った。

スタッドレスの4WDは軽快に走り、十五分ほどうとうとしているうちに別荘についた。

「へえ、夏と冬じゃやっぱりだいぶ印象違うね」

エントランスの前に車を停めて、一葉が感心したように呟いた。

敷地前に除雪した雪がこんもりと積んであり、駐車場も庭もきれいに整えられているが、植栽やアプローチの端にはまだ雪が残っている。

この別荘は父が事業上のつき合いで購入したものだ。もとは保養所として作られているので敷地が広く、部屋数も多い。建築物としては特に見るべきところはないが、利便性、快適性はさすがに地元の設計事務所の仕事だけあって非の打ちどころがなかった。冬場は暖炉を入れると暖気が循環するように設計されていて、夏は窓を開けると風が抜けて空調がいらないほど涼しい。

「智之？　わあ、久しぶりだね」

キーは暗証番号で解除できる。メインエントランスの横の出入り口から荷物を運びこもうとしていると、溌剌とした声が上のほうから降ってきた。見上げると、広い階段から見覚えのある男が下りてくるところだった。

「久しぶり」

数年ぶりの従兄弟は、当たり前のことながら記憶より年を取っていた。どちらかというと童顔の部類の顔立ちなのに、髪に艶がないせいか、生気に乏しく見える。とはいえ今年三十五になるのだから、考えてみれば相応の外見だ。一葉をはじめ、仁科の周囲にいる人間は若く見えるタイプが多いので、つい錯覚してしまう。

「元気にしてた？　あっ、そっちがお友達？　こんにちは」

ただし声や表情は昔のままだ。優は弾むように階段を下りてきた。

「仁科優です。智之が友達連れてくるって聞いて、会うの楽しみにしてたんですよ」

「初めまして、永森です」

昔から優は誰に対してもフレンドリーだし、一葉も人当たりがいい。仁科が紹介するまでもなく、二人は気さくに挨拶を交わした。

「大学院のときに同じ研究室になって、仲良くさせてもらっています。僕もお会いするの楽しみにしてました」

「永森さん、下のお名前は？」

優が軽く小首をかしげた。その癖も昔のままだ。

「一枚の葉っぱで、かずはです」

「永森一葉ってきれいな名前。雰囲気に合ってますね。俺は優しいで、ゆたか。お昼、まだだよね？　一緒に食べようと思って待ってたんだ」

話しながら、優が「部屋はこっちね」と二階に案内してくれた。

一階は大人数で食事や会議のできるメインロビーと食堂つきの厨房があり、客室は二階になる。

「あ、ここ前と同じ部屋だ」

優が廊下の一番端のコネクティングルームを開けると、一葉が懐かしそうな声をあげた。

「来たことあったの？」

「学生のころにも、夏休みに誘ってもらって一度来ました。そのときもこの部屋だったよね」

ドア一枚で二部屋がつながっているが、使ったのは片方の部屋のひとつのベッドだけだった。

今回も同じ結果になるのはわかっていたが、管理会社に「ご友人と利用されるんですね」と確認されて、つい二部屋を申請した。

「ごめんね、僕が一番広いとこ占領しちゃってて。僕が出たら向こう使ったらいいよ。ベッド広いし」

優がさりげなく言った。優の使っている部屋はダブルだ。一葉がちらっと窺うように仁科のほうを見た。気にしなくていいよ、の意味で小さくうなずくと、一葉も安心したようにうなずき返した。

優は仁科がゲイだということを知っている。学生時代、外で男といるところを見かけたとかで「家に連れて来てもいいのに」とからかい半分に言われたことがあった。同居人がいるのに連れ込むほど無神経じゃないと答えたら笑っていた。

特別ネガティブな反応ではなかったし、なんとなく優もそうなんじゃないかと感じたが、さして興味もないので訊かなかった。ただ、一葉が恋人だということは一目で理解したはずだ。

「この近くは冬場でもカフェとかけっこう開いてるんだけど、美味しいレストランはだいたい予約制なんだ。イタリアンと和食でお勧めが二軒あるんだけど、一葉君はどっちがいい？」

優が当たり前のように一葉を下の名前で呼んだ。その自然な距離の縮めかたに、嫌な気分になりながらも、「ああ、優だな」と懐かしくなった。

「仁科はどっちがいい？」

「ゲストなんだから、一葉君の希望にしようよ」

優が「ね？」と一葉ににっこりした。

「でも優さんは今日帰られるんでしょう？　それなら食べおさめに優さんの行きたいほうにしましょう」

「あらら、俺の希望でいいの？」

「いいですよ。なあ、仁科」

「ああ。優のいいほうで」

「じゃイタリアンにしよっか。予約しとくから、準備できたら下りてきて」

俺も着替えよ、と優が部屋を出て行った。

「…すごく明るい人なんだね」

ドアが閉まって、一葉が妙に気の抜けた声で言った。

「優は昔から人懐こくて、みんなに可愛がられてた。俺と正反対だ」

「ふーん」

なにか考える顔になったが、一葉はふと窓の外の景色に目をやって「わあ」と声をあげた。

「すごい。やっぱり景色いいねえ」

雪化粧の針葉樹（しんようじゅ）の森が、すっきりと晴れた青空に映（は）える。仁科も窓枠（わく）に寄りかかるようにしている一葉の横に並んだ。

「今晩からは、二人きりなんだよね？」

一葉がこそっと訊いてきた。

「こんな広いとこ二人で独占するの、すっごい贅沢（ぜいたく）」

「その代わり、トレッキングもテニスもできないし、店も閉まってるとこ多いけど」

「いいよ別に。二人ですることはいっぱいあるじゃん？」

一葉が悪戯（いたずら）っぽく言って、肩に頭を載せてきた。軽くキスすると、笑って一葉のほうからもキスを返してくる。何回か交互についばみ合って、仁科は顔を傾けてしっかりと口づけた。

「――」

舌を触れ合わせようとしたときに、階下からピアノの音が聴こえてきた。

まるで牽制（けんせい）するようなタイミングに、思わず目を見あわせて、苦笑し合った。

「あとでね」

照れくさそうに言って一葉が離れて行った。

簡単に荷物を片づけてからメインロビーに下りていくと、優がロビーの端に置いてあるグランドピアノを弾いていた。

頻繁に利用していたころはピアノも定期的に調律していたようだが、今はどうなのか、仁科には音の良しあしなどさっぱりわからない。優は指慣らしのように同じフレーズを情感たっぷりに繰り返していた。

「早かったね」

階段を下りてきた二人に気づいて優が演奏を止めた。

「いい曲ですね」

「そう？　ありがとう」

「って、クラシックもピアノもぜんぜん詳しくないんですけど」

一葉が申し訳なさそうに謝った。

「俺もだ」

「智之はピアノ習ってたでしょ」

「すぐ止めたから、もう楽譜も読めないよ」

「綾乃さんの息子なのに、不思議だよねえ」

オペラ歌手だった母の名前を出して、優がおかしそうに笑った。

「綾乃さん、智之に音楽やってほしがってたよね。息子と演奏会に出るの夢だったのにってよくがっかりしてた」

そうだったかな、とおぼろげな記憶を辿(たど)ったが、あまりよく覚えていない。

「でも智之は建築で有名になったもんね。綾乃さんも自慢だよ、きっと」

鍵盤蓋(けんばんふた)を閉めながら朗(ほが)らかに話す優は、短い時間で髪をきれいにセットしていた。端整な顔立ちをしているので、それだけでずいぶん印象が変わる。スタンドカラーのシャツは淡いローズとブラウンの中間色で、優の中性的な顔だちによく似合っていた。

「綾乃さん、元気にしてる？」

そばに置いてあったジャケットに袖(そで)を通しながら優が訊いた。

「してるんじゃないかな。しばらく会ってないけど」

「そうなの？　ぜんぜん連絡もなし？」

「ないね。園子(そのこ)さんの葬式で会ったのが最後だ」

園子というのは祖母の名前だ。仁科の家では昔から女性は名前で呼ぶ習慣がある。優が目を丸くした。

「園子さんの葬式って何年前だよ。そんなに会ってないんだ？」

声楽家の母はその前年に三度目の結婚をしていた。相手はシチリア出身のアートクリエイターだと聞いたが、会ったこともない。

「ま、昔からクールだもんね、智之のとこ」

「そうかな」

「クールだよ。びっくりするくらいクール」

そんなふうに言われると、胸の中がひやっとする。

「でも考えてみたら、俺たちも園子さんの葬式以来か」

祖母の葬式は盛大だったが、盛大すぎて淡々と終わってしまった。

両親が離婚したあと面倒を見てくれていたのに、祖母を亡くしてもあまり悲しいと感じない自分も嫌だった。祖父母の家では家事の担い手が多く、日常的に接していなかったせいもある。祖父は海外で事業を展開していて、仁科は中学からは日本と祖父のところを半々に行き来していた。そこでも通いのハウスキーパーが日常の雑事を引き受けていて、祖父とはあまり交流しなかった。

保護者も家族もちゃんといる。でもなにかの書類で「保護者の名前」「家族欄」に記入しなくてはならないとき、仁科はいつも一瞬戸惑った。同じように自分の「名前」にも違和感がつきまとう。なぜなのかはわからない。仁科智之。自分の名前だと認識はしている。でもどこかよそよそしかった。

身に着けるものや日常的に使うものに執着するのは、ずっと抱えていたその感覚のせいかもしれない。周囲との拭えないよそよそしさを常に意識していたから、そのぶん自分が「これだ」と直感したものには強い愛着を持ってしまう。

一葉とつき合う前、仁科にはセックスパートナーが複数いた。

ヨーロッパにいたころ、一人旅をしていて偶然同性愛者の集まるビーチに迷い込んでしまったのが初体験で、あとはそのときそのときで性欲を発散していた。キミは冷淡だよね——と一対一の関係を望んでくれた年上の人に言われたことがある。

恋人がほしいと思ったことはなかったし、誰かに特別惹かれた経験もなく、その人以外にもときどき恋人関係を求められたが、一人に縛られるのは窮屈だとしか思えなくて、そのたびに断ってきた。それを冷淡、というのならそうなのだろう。

人に対して執着したのは、一葉が初めてだ。

初めて出会った大学の広い研究室を思い出す。

天井の採光窓から白い光が斜めに差し込んで、ずらっと並んでいた学生の中、一葉の周囲だけが違って見えた。目が合った瞬間、激しく惹かれた。

強烈な一目惚れだったが、直感は間違わない。

顔も声もちょっとした仕草も、目にするたびに好きになる。彼の学部卒業制作を見るためだけに、模型を展示しているコンベンションセンターまで行った。一葉の卒制は集落の住環境再生案で、模型もプレゼンボードもとても丁寧に仕上げられていた。コンセプト自体も堅実で、講評シートではあまり高く評価されていなかったが、仁科はずっと眺めていた。

彼と話してみたい。

恋人になってもらおうとまでは望まない。ただ親しく話をしたり、たまに食事をしたりする仲になりたかった。

一葉が恋人になってくれたのは信じられないような幸運で、冷淡だと評されたのが嘘のようにのめり込んだ。が、幸運はしょせん運だった。

いつからか一葉の熱は冷め、どうすることもできないでいるうちに別れたいと告げられた。どこかでその結末を予感していて、仁科は出来る限り何も考えないように努力した。自分の執着の強さは誰より自分が知っている。一葉を困らせたくなかったし、何より追いかけて拒絶されるのが怖かった。

一葉に去られて、仁科は初めて自分の臆病さを自覚した。

小さいころ、海外の仕事の多い両親は仁科が寝ている間に出かけてしまうことが多かった。忙しい出発間際にわずらわされたくなかったのだろうと今なら理解できなくもないが、目覚めるともういない、何も言わずに行ってしまった、という事実に何度も何度も傷つけられた。

俺の好きな人は、いつも俺を置いていく――記憶障害で一時的に忘れていた記憶が戻ったとき、自分でも意識していなかった不安や寂しさが押し寄せてきて、驚いた。

もう心配しないで、と一葉は言ってくれるが、いまだに仁科はどこかで不安を感じていた。自分の臆病さにはうんざりするが、一葉に正直に打ち明けると、「そのうちなくなるよ」とこともなげに片づけられた。

「すぐには無理だろうけど、ちゃんと俺にそういうの話してくれるようになったんだから、大丈夫」

根拠がよくわからないが、一葉の言うことは全部信じる、と決めている。だから大丈夫だ。

「お店の予約、大丈夫でしたか？」

三人で駐車場に向かいながら、一葉が訊いた。

「うん、シーズンオフだからね。夏だったら前日までには予約しないと無理だったと思うけど」

帰ったらしばらく車なんか乗らないから、と移動は優が自分の借りていた車を出してくれた。

「俺に遠慮しないで、二人は飲んでよ」

ワインもいいの置いてるから、と優は楽しそうだ。昔から優はそこにいるだけで周囲を明るくした。普通にしていても人に気を遣わせてしまうらしい自分とは対照的だ。

車で十分ほどのところのイタリアンは、想像していたよりも小ぢんまりとしていた。夏には賑（にぎ）わいそうなガーデンテラスは締め切られ、どっしりした薪（まき）ストーブが火を揺らめかせている。優が予約しておいてくれたおかげで、席につくとすぐ大皿に盛りつけられたランチプレートとスープが運ばれてきた。

「すごい、凝（こ）ってますね」

美しい大皿に、一口ずつの鴨（かも）ローストやコンフィ、魚介（ぎょかい）のパテや茸（きのこ）のマリネなどが芸術的なセンスで盛りつけられている。

「一葉君て、もしかして痩せの大食いタイプ？」

パンは温めてひとつずつ出される。一葉が次々に頼むので、優が目を丸くした。

「食い意地張っててすみません。でもここ、ほんと美味しいですね」

「でしょ？　もっと時間があったら別のとこも案内するんだけどなあ」

優がおおげさに残念がった。

「そういえば、優さんは休暇でこちらに？」

「そう。ちょっと一人で気分転換したくてさ。まさか智之に会えると思ってなかったからよかった」

優はふと意味ありげに一葉と仁科を見比べた。

「一葉君、智之のこと『仁科』って呼ぶんだね。名前で呼んでいいのに。別に俺、変に思わないよ？」

一葉がちょっと戸惑う気配がした。

「普段から、名前では呼んでないんだ」

「そうなの？　なんで？」

恋人なんでしょ、という不思議そうな目に、一葉が「ずっと仁科って呼んでるから、もうそれに慣れちゃったんですよ」と答えた。

「ふーん。でもそれじゃ俺と一葉君のほうが仲良しぽいね。名前で呼び合っちゃって」

一葉は笑ったが、それには返事をしなかった。

「ねえねえ、一葉君って料理するひと？　このコンフィって家で作れると思う？」

優がすっかり打ち解けた様子で訊いた。

「これは難しいんじゃないですか？」

「鴨は低温ローストかな」

「骨からほろっと身が離れるの、プロの技ですよね」

食いしん坊の一葉と、食べ歩きが趣味の優は料理の話で盛り上がり始めた。話題はこの近くにある優のお勧めの店の話になり、行かないと損だよ、と優がスマホを出した。

「どこも美味しそうですね」

ウェブサイトを見せてもらいながら、一葉は看板メニューをチェックしている。

「この牛蒡とトマトのかき揚げはぜったい食べに行こう」

「それ絶品だったよ。ふわっと揚がってるから、塩で食べてね。蕎麦も、蕎麦つゆの前にまずは塩で食べてみて。蕎麦の風味がしっかりしてるから」

「了解です」

「あー、一葉君と話してたらもう一回食べに行きたくなってきたなあ」

優のその自然な距離の詰めかたに、やっぱりこういうところは変わらないものなんだな、と仁科は子どものころのことをなんとなく思い出していた。親戚で集まると、愛嬌のある優は大人たちに可愛がられ、天真爛漫な言動で周囲を和ませていた。

「あれ、なんか届いてるね」

ゆっくり食事を終えて別荘に戻ると、玄関の前に食材ボックスが置かれていた。

「さっきスマホに連絡来たんで置いて行ってもらったんです。短期滞在者向けの食材セットで、地元の特産品とかはお土産にもなるって評判いいみたいですよ」

「へえ、こんなサービスあるんだ。知らなかった」

中をのぞくと真空パックのソーセージや肉、地元産の野菜や焙煎されたコーヒー豆などが入っている。ジャムやバターはお土産にもなりそうな可愛らしいパッケージだ。

「俺、もう一泊しちゃおうかなあ」

食材ボックスをキッチンスペースに運び込むと、優がいきなりそんなことを言い出した。

「俺に任せてくれたら、これ上手に焼いたげるよ?」

和牛のブロック肉を取りだしながら悪戯っぽく言う優に、一葉が戸惑ったように仁科のほうを見た。

「でも優、一泊延ばしてあとの予定狂わないのか?」

「あー、言ってなかったっけ。今俺、充電中なの。だからちょっとくらいスケジュール変えてもぜんぜん平気。智之たちしばらくいるんでしょ? 心配しなくても明日には帰るから、そのあとゆっくり二人きりを満喫したらいいよ」

「いや、それはいいけど」

気まぐれな物言いに、仁科も少々戸惑った。

「俺、一葉君のこと気に入っちゃったんだよね」

朗らかに言われて、一葉の頬が固くなった。仁科も驚いたが、優は二人のその反応に声を出して笑った。

「そんなに驚かなくても、変な意味じゃないって。一緒に料理したらぜったい楽しいなって思っただけ。だめ?」

「それは、俺はいいですけど…」

「じゃあそうしよ。ここのオーブン、ちょっとだけ癖があるから教えてあげるよ」

半ば強引に決めて、優は「じゃ、ちょっと着替えてこよ」と二階に上がっていった。

「——賑やかな人だね」

一葉が気が抜けたように小声で言った。

「昔からあんな感じだった。ぜんぜん変わらない」

「ずっと仲良かったの?」

「小さいころはお互いよく園子さん…祖母のところに預けられてたから一緒に遊んだよ。優が留学してからはぜんぜん——俺はこういう性格だから他の親戚なんかとも」

「普通でしょ」

一葉が珍しく仁科の言葉を遮った。

「仁科は『こういう性格』なんかじゃないよ」

言いながら、一葉はそっとカウンターの上の仁科の手に触れた。一葉のほうから触れてくれると、いつもものすごく嬉しい。

「いちは」

「やっと呼んだ」

一葉がくすっと笑った。

「優さんの前では『いちは』って呼ばないの、なんで?」

「え?　そうか?」

意識していなかったので、指摘するように言われて驚いた。仁科の反応に、一葉も意外そうに小さく首を傾げた。

「あれ?　たまたまだったのか。恥ずかしいのかなって思ってた」

「そんなことはないけど、…確かにちょっと照れくさいかもな」

いちは、というのは二人だけのときに使う愛称だった。学生のころは関係を隠していたから、綿貫の前でもその呼びかたはしなかった。今はごく親しい人の前では普通にいちは、と呼んでいる。

「いちは」

自分だけの呼びかたに、一葉が微笑んだ。そっと顔を近づけてキスしようとしたそのときに、階段を下りてくる足音がした。どうもタイミングが悪い。目で苦笑し合って、素早く口づけた。

「雪降ってきたね」

優に言われて窓に目をやると、晴れているのにちらちらと白いものが庭を舞っていた。

「しばらく天気いいって天気予報で言ってたのになぁ。暖炉、今のうちに薪を足しといたほうがいいよ。俺がやっとくから、着替えて来れば?」

優に促されて一葉と二階に上がると、窓からの景色は淡いグレー一色になっていた。

「積もりそうだな」

外は寒々しいが、出がけに暖気を取り入れるように調整していたので、部屋の中は上着を着ていると暑いほどだった。暖炉からの熱を建物全体に循環させる構造なので、二階のほうが暖かくなる。

「仁科、疲れてるんじゃない?」

上着を脱いでベッドに腰を下ろすと、ワインを飲んだこともあり、急に眠気が襲ってきた。あくびをしたのを見逃さず、一葉が近寄ってきた。

「忙しくてあんまり寝てないって言ってたもんね。少し寝たら?」

体力には自信があるが、長時間の移動が重なって、さすがに疲労が溜まっていた。

「そうしようかな」

優は滞在を延ばすようだし、短時間の午睡は体力の回復に一番だ。

「着替える？」

「いや。本当にちょっと横になるだけだから」

「無理しないほうがいいよ」

仁科が上着だけ脱いでベッドに入ると、一葉がカーテンを閉めてくれた。

「優さんには休憩してるって言っとくから、ゆっくり寝てて」

「ありがとう」

顔を覗き込んでから、一葉は軽くキスをして、「俺はどこも行かないから」と優しい声で囁いた。

「……うん」

気恥ずかしさもあったが、それより一葉が条件反射のような自分の不安を受け止めてくれていることが嬉しかった。

「じゃあね」

一葉がそっと出て行った。足音が遠ざかる。

自分で思っていたよりも疲れが溜まっていたらしく、目を閉じると同時に意識が眠りに沈んだ。

4

……体感としてはほんの少し眠って、目を覚ました。

階下からまたピアノの音がしていて、仁科はゆっくり頭を動かした。カーテンを閉めているので部屋は薄暗く、時間がわからない。脈絡もなく夢の続きのような古い記憶が浮かんできて、けっこう長く眠ってしまったのかもしれなかった。徐々に頭が働きだして、喉の渇きを覚えた。

「いちは」

恋人の名前を舌先で転がすと、階下からのピアノがはっきりと聴こえた。粒の揃ったピアノは、コミカルなテレビＣＭのフレーズだ。かすかに笑い声もする。

唐突になにかに急き立てられて、仁科はベッドから起き上がった。意味のわからない焦燥に脈が速くなる。ベッドから出ようとしていると、足音がした。

「――あ、起きた？」

ドアが開いて、一葉が顔をのぞかせた。廊下のオレンジの明かりが一葉の髪を縁取り、瞳を輝かせている。

嘘のように心が鎮まって、仁科はふっと息をついた。一葉が近寄ってくる。

「そろそろ晩ご飯の支度しようかって優さんが。お腹空いてる？」

一葉がベッドの隣に腰かけた。

いつもと変わらない様子の一葉にほっとして、そんな自分に内心苦笑した。一葉が黙ってどこかに行くわけがないのに。

「先にお風呂でもいいけど、どうする？　ジャグジー使いたいんだったらお湯入れようかって」

各部屋にはシャワーブースがついているが、テラスの横にジャグジーつきの広い浴室もある。

「いま何時？」

「五時半。よく寝てたから起こさなかった。やっぱり疲れてたんだね」

途中で様子を見に来てくれたらしい。

「仁科、夢見てたでしょ」

一葉が内緒話をするように小声で言った。

「俺、なんか言ってた？」

「うん。いちは、どこ？　って」

思わず上着の袖(そで)に通そうとしていた手を止めた。一葉がその手をとった。

「俺のこと探してた？」

からかうような声が優しい。とりとめのない夢の断片しか覚えていないが、寝言でまで一葉を探していたのか、と気恥ずかしくなった。

「なんか、子どものころの夢は見てた気がするけど、ちゃんと覚えてない。いちはを探すのは

「確かに、仁科っていっつも俺のこと探してるよね」

一葉と過ごす休暇中だけでなく、そばにいない仕事先でも、仁科が毎朝一番に考えるのは一葉のことだ。目が覚めてすぐ無意識に一葉を探す。

「俺は黙ってどこかに行ったりしないって約束してるのに」

「うん――俺の子どものころ、母親が演奏旅行でしょっちゅう海外行ってたから、起きたらいない、ってことが多くて――そういうのも関係してるのかもしれない」

一葉がかすかに目を見開いた。

「離婚したときも、俺なんにも知らなくて、もともと園子さん――祖母のところにいること多かったし、本当にいつの間にか親は離婚になってた。優のところも伯父さんと伯母さんあんまりうまくいってなくて、よく園子さんのところに預けられてたんだけど、でも優にはすぐ迎えがくるんだ。……優の伯父さんも伯母さんも、優のこと手放したくなくて、それで別れられないんだって優が言ってた。俺のせいにしてって怒ってたけど、俺は羨ましかったな……」

映画やドラマでも親権を巡って争うシーンはよく出てくる。そのたびに複雑な気分になった。両親はどちらも引き取る気がなくて、祖父の家に取り残されてしまったという気持ちは今でも拭いきれずに残っている。

仁科の手を弄ぶようにしながら、一葉は黙って話を聞いていた。

「優さんも預かってて、仁科のおばあちゃん、大変だったね」

「住み込みの家政婦さんいたし、ヘルパーみたいな人も出入りしてたから、気苦労はあったかもしれないけど、手は足りてたんじゃないかな」

「おばあちゃん、優しかった？」

少し考えてみたが、とっつきにくい、笑顔の少ない人だった、という記憶しかない。

「普通かな。女の人にしては無口で、――俺と似てるのかもしれない。祖父は仕事でほとんど家にいなかったし、いつも静かで、だから優が来るとほっとした。優は人懐こいし、明るいから」

「俺、仁科のこと好きだよ」

一葉が唐突に言った。

もういい加減慣れてもいいんじゃないかと自分でも思うが、一葉に好きだと言われると、今でもいちいち信じられない気持ちで動揺する。

「仁科って――なんていうか、本当はすごく普通だよね」

嬉しさを嚙みしめている仁科に、一葉が小さく息をついた。

「どういう意味？」

「仁科はあんまり感情が表に出ないし、いつも堂々としてるから、すごく強くて何があっても平気、みたいな錯覚起こしちゃうんだよね。そんなわけないのに」

「俺は別に強くないよ。いちはにはものすごく弱いし」

うん、と一葉が笑った。

「そうみたいね」

一葉が唇を寄せてきて、そっと口づけた。抱きしめると、一葉の腕も背中にまわってきた。しばらく無言で、ただ抱きしめ合った。一葉の体温と心臓の音、頬に触れる髪の感触、それだけで満たされる。

「――行こうか」

階下からまたピアノが聴こえてきた。退屈しのぎのような音色に促されて、一葉と部屋を出た。

「起きた？」

階段を下りていくと、優が弾くのを止めて立ち上がった。

「ちょっとのつもりだったのに、熟睡してた。ごめんな」

「体調悪いとかじゃないんだろ？　ならよかった」

食堂の窓には分厚いシェードカーテンがかかっている。半分だけ下ろした向こうで本格的に雪が降り出していた。裏庭の植え込みや敷石はもうすっかり白く覆われている。

「そろそろオーブンあったためようか。一葉君、あの缶詰でヨーグルトソース作ってみる？　教えるよ」

優が快活に言ってキッチンに入った。保養所だったころの名残で、キッチンは大型シンクや本格的なオーブンが備えられていてかなり広い。

「なにか手伝おうか」

「智之はいいよ。起きたばっかりだし、疲れてるだろ」

大きな作業台の端にティーカップが二つ出ていた。仁科が寝ている間に二人で寛いでいたのだろう。手持無沙汰でそこの椅子に座ると、一葉が「飲む？」と保温カバーをしたティーポットとカップを置いてくれた。

「そういえば、子どものころ、ここでクッキー焼いたりしたね。覚えてる？　みんなで型抜きして、飾りつけて」

シンクで手を洗っている優のそばには、もう肉や野菜が準備されている。

「覚えてるよ」

「綾乃さんって意外にああいうこと好きだったよね。俺が綾乃さんにくっついてばっかりだったから、俺の母さん、機嫌悪くなっちゃってさ」

大きな作業台は昔と同じものだ。天板がしっかりしていて、クッキーの他にもプリンやドーナツをこの作業台でみんなで作った。

「一葉君、そろそろやろうか」

優に呼ばれて、一葉も向こうに行った。肉の下拵えについて蘊蓄を話しながら、優が手際よく野菜をカットし始めた。その隣で一葉もハーブを小さくちぎっている。

ぬるくなった紅茶を飲みながらぼんやりとそれを見ていて、ふと既視感にとらわれた。母親をとりまくようにしてクッキーの型抜きやアイシングをしていた従兄弟(いとこ)たちを、仁科は今と同じように作業台の反対側から見ていた。自分と二人だけのときはどこかよそよそしいのに、従兄弟たちには明るい顔を見せている母が不思議だった。今から思えば、普段疎遠(そえん)にしている夫側の親族との交流で、母なりに気を遣っていたのだろうとわかる。が、幼かった仁科にはただ寂しさだけが残った。

「一葉君って、指が綺麗だね」

「そうですか?」

「爪の形すごくいい」

「そんなこと言われたの初めてですよ」

優はよく人を褒(ほ)める。愛嬌があり、人懐こく、仁科の母も優を特別可愛がっていた。

「そういえば演奏家の人って指が長いってよく聞きますね」

「どうかな?」

話を変えようとした一葉に、優が一葉の手を取った。どきっとした。手のひらを合わせて指の長さを比べているだけなのに、反射的に腰を浮かせてしまった。

「俺のほうがちょっとだけ指長いね」

びっくりしている一葉に悪戯っぽく笑って、優はすぐに鼻歌まじりに作業に戻った。

「そろそろ肉焼こうか。このオーブンね、古いからモード設定手動で調整しなきゃなんなくてちょっと面倒なんだよね。ファンモードでだいたいいけるんだけど、ローストポークなんかのときはトラディショナルモードのほうがいいよ」

ちょっとこっち来て、と一葉を呼び寄せて説明しながら、優は、ふと肩越しに仁科のほうを見た。

「ねえ智之、向こうのテーブル出しててくれない？」

「僕が出しますよ」

「一葉君はわからないでしょ。頼んでいい？　智之」

「ああ」

断る理由はないので腰を上げると、「手伝うよ」とオーブンの前でしゃがんでいた一葉が立ち上がった。

「一葉君はこっち手伝ってよ」

優がからかうように言った。

「もちろんあとでちゃんと手伝いますよ」

気軽に返しながら、一葉は先にキッチンスペースから出て行った。

「優さんてちょっと変わってるね」

仁科が追いついてくるのを待って、一葉が小声で言った。珍しく声にトゲがある。

「優が？」

仁科から見て、優は誰とでもうまく合わせられる明るい性格で、変わっていると思ったことはない。仁科の反応に、一葉は苦笑して「そんな気がしただけ」とフォローした。

「やっぱり雪降ると雰囲気出るね」

気を取り直したように、一葉が外に目をやった。食堂のクラシカルな掃き出し窓からは裏庭が見える。ガーデンライトのほのかな光の中で雪が幻想的にちらちらと舞っていた。

三十分ほどでオーブン料理が出来上がり、三人で食堂のテーブルに料理を運んだ。せっかくだから、と優がカトラリーボックスまで持ち出して、かなり本格的なテーブルセッティングになった。一葉が「重い」と銀器に驚いている。

「あっちの抽斗にアンティークの銀器も入ってるから、使いたかったら使っていいよ。あとの片づけが面倒だけどね」

「いいものってそれだけ手がかかるんですね、なんでも」

一葉が手にしたナイフをかざすようにして眺めた。テーブルランプの灯が銀器から一葉の頬に反射して、奇妙に艶めかしい。向かいに座っていた優も、ふっと一葉のほうに視線をやった。

「ところでいつからつき合ってるの？　君たち」

しばらく当たり障りのない話をしながら食事をして、優がなにげなく訊いた。

「院の研究室で知り合って、それからですね」

「えっ、そんなに長いんだ?」

「間に別れてた時期があるんですよ。再会して、今二年目です」

「なんで別れたの?」

「内緒でーす」

冗談めかしているが、一葉の目はあまり笑っていない。

「優さんこそ、誰かと一緒に来たらよかったのに。おつき合いされてるかたはいないんですか?」

「俺の場合は多すぎて絞(しぼ)れないんだよね」

優らしい言い草に、俺も昔は似たようなものだった、と仁科は心の中で反省した。身体だけの関係だと割り切った相手としかつき合わなかったが、その上で誠実な思いを差し出してくれた人もいたのに、きちんとした誠実さでは返さなかった。本気で誰かを好きになったことがなかったからだ。

「ま、俺なんかより智之のほうがよっぽどだったけどね。学生のころとかすごかったじゃん?

一葉君、モテる彼氏ってはらはらしない?」

「そんなことないですよ。信用できないんだったらそもそもつき合いませんし」

「ああ、なるほどねえ」

一葉の明快な返事に、優が眉を上げた。

「智之もやっといい人と巡り合えたんだ。ドライでいつもちょっと醒めてるから、そんなんで寂しくないのかなあって思ってたんだよね。綾乃さんも叔父さんも、智之のことぜんぜん構わなかったから一人でいるのに慣れちゃったのかなあ、とかね」

「優みたいに可愛げがなかったからな、俺」

なにげなく言ったら、なぜか優が空振りしたような顔で急に黙り込んだ。

「そういえば、母さんと雪ダルマ作ってたら優が来て、三人でもっと大きいの作ろうって俺と母さんが作ってたのを作り直したことあったな」

「そんなことあったっけ?」

優が首をかしげた。

両親が離婚したのはそのすぐあとだったから、考えてみればそれが母との最後のクリスマスだった。

「母さんと朝二人で庭に出て、雪の上に落ちてた木の実見つけて拾ったんだけど、すごく綺麗で艶々してて、それで雪ダルマの目にしようって、二人で小さい雪ダルマを作ったんだよ」

真冬なのに木の実が落ちているのが不思議で、鳥か栗鼠が洞にでも蓄えていたものが風で落ちたのかな、と周囲の木々を見回したことまで思い出した。雪は柔らかくて、なかなか固まらなかった。手袋をしていなかったからセーターの袖口を伸ばしてカバーし、それで雪の玉を転がして大きくした。小さな玉を大きな玉の上になんとか乗せて、拾った木の実で目をつけると急に雪ダルマになって、びっくりして二人で笑った。

「よく覚えてるな」

母親と二人で木の実を目玉にした雪ダルマを作った。たったそれだけのことだ。でも覚えている。

あとから優がやってきて、二人で作った雪ダルマからその木の実を取って、新しく作った大きな雪ダルマの目玉にしてしまったことも、忘れていない。

「そんなことあったかなあ。覚えてないな」

優にとってはささいなことだ。

「けど、綾乃さんって不思議な人だよね。子ども好きなのか嫌いなのかわかんないっていうか。俺のことは可愛がってくれんのに、自分の子にはクールで…」

「雪ダルマ、作ろうか」

話を聞いていた一葉が、ふいに言って立ち上がった。

「え？」

「雪積もってるじゃん。作ろう」

「ええー、今から？　寒いよ」

びっくりしたが、優も顔をしかめている。

一葉は掃き出し窓の鍵を開けて外に出た。庭の管理業者のための長靴が複数並んでいる。

「仁科」

促されて、仁科も長靴を履いて外に出た。風はなく、覚悟していたほど寒くない。ガーデンライトの淡い明かりに照らされた裏庭は、すっかり雪で覆われていた。

「ひゃー、冷たい」

テラスの手すりに積もった雪をすくって、一葉が首をすくめた。

「こっちの雪ってなんか違うね。さらさらしてる」

どうして急にこんなことを言い出したのかわからなくて困惑したが、一葉は妙に生き生きしている。

「俺は頭作るから、仁科は胴体ね」

「——うん」

一葉を真似て手すりの上の雪を両手で固めた。水けの少ない雪で、ぎゅっと力をこめないとなかなかまとまらない。

「おお、くっついた」

一葉が丸めた雪を向こうの手すりの上に載せて転がし始めた。芯に雪をくっつけるのは簡単で、できるだけ丸くなるように調整しながら大きくしていく。

「はは、何してんの」

だんだん楽しくなってきて、一葉と「できそう?」「けっこういける」と雪玉をつくってい
ると優が掃き出し窓から顔をのぞかせた。

「優も作るか?」

「寒いよ」

そう言いながらも長靴を履いて出てきた。

「うわっ」

首のところに冷たいものが当たって、びっくりして振り返ると優が笑っていた。

「雪ダルマより雪合戦のほうがよくない?」

にやにやしながら雪をすくって固め、また投げてくる。

「雪合戦? いいですね」

後ろに下がってよけると、横にいた一葉が素早く手すりの雪を両手で固めた。

「わ、ちょっと待って一葉君」

「雪合戦なんでしょ」

びしっと音がして雪玉が優の肩に当たり、驚いている優に、一葉はまた雪玉を投げつけた。

「一葉?」

「雪合戦だってよ仁科」

「え、なになに?」

好戦的な一葉に優が驚いている。仁科も戸惑った。

「ちょっと、どうしたの一葉君」

連続で雪玉を投げつけられ、優は半笑いで飛びのいたが、一葉は真顔だ。

「なんで俺ばっかり狙うんだよ」

肩に雪が飛び散って、さすがに優の声がむっとした。

「嫌いだからですよ」

かぶせるように一葉が言い返した。

「自分の恋人に意味わからない嫌がらせする人、嫌いに決まってるでしょう」

「なんのこと?」

一葉が眉を上げた。

「『なんのこと?』わからないとでも思ってるんですか? 仁科は人の悪意に寛容だし、大抵のことはスルーするけど俺は違うから。どうせ仁科に嫉妬して、みみっちい嫌がらせで鬱憤晴らししてるんでしょ? みっともないから止めたほうがいいですよ」

鋭い言葉に、優が顔色を変えて棒立ちになっている。仁科もこんな攻撃的な一葉は初めてで、驚いた。

「あなたの幼稚な悪意なんか、仁科は流しちゃうよ。でもだからってぜんぜん傷ついてないわけじゃない。あなたにとってはちょっとした八つ当たりなんだろうし、仁科は妬まれるのなんか慣れっこだから多少のことじゃ動じないけど、俺がむかつくんだよ！」

一葉がぴゅっと雪玉を投げ、優が首をすくめて防御の姿勢になった。さすがにまともにぶつけるのは避けていて、雪玉は優のはるか頭上の壁に当たった。

驚きを通り越し、仁科は呆然としていた。寒さからではなく指先が震え、喉の奥が熱くなった。

優とは子どものころは仲良くしていたし、明るくてフレンドリーな優といるのは楽しかった。ただ、優が自分に対していい感情ばかりを持っているわけではない、ということもなんとなくわかっていた。

「行こう、仁科」

いちはが怒ってくれた。俺のために怒ってくれた。

そのことに、胸が詰まった。

腕を取られ、仁科は一葉に引っ張られるまま掃き出し窓から食堂に戻った。服についていた雪が床に落ちる。一葉は構わず仁科の腕をつかんだまま二階に上がり、部屋に入った。

「――大人げなくて、ごめん」

ドアを閉めると、一葉が下唇を突きだして、拗ねたように謝った。

「でもあの人には謝りたくない」

「いちは」

一葉がぎゅっと抱き着いてきた。

「あの人、なんか姑息で嫌いだ。ぎりぎり誤解だよって言える線で嫌な態度とっててさ、卑怯だよ。自分にされたんだったらあのくらい流すけど、仁科にするのは許せない。腹立つ」

誰かに庇われたのは初めてだ。

誰かが自分のために怒ってくれたのも、初めてだ。

いろんな感情がごっちゃになって、なにか話したいのにうまく言葉にできなかった。上着もなしで外に出ていたので、お互い冷え切っている。互いの体温を与え合うように、しばらく黙ってただ抱き合っていた。

「仁科」

「うん？」

「シャワーしよ」

一葉が顔を上げて唐突に言った。

部屋についているシャワーブースの扉をあけて、一葉が勢いよく温水を出し始めた。タイル敷の床を湯が流れていき、湯気がたちこめる。一葉はソックスを脱ぎ、裸足で近寄ってきた。

「一緒に入ろうよ」

雪で濡れたシャツが一葉の身体に張りついている。愛おしさと欲望がいっきに溢れて、仁科は一葉の頬を両手で包んでキスした。

「――ん、……」

一葉はものすごく感じやすい。

最初のときからそうだった。

「本当に不思議なんだけど」

口の中を舌でまさぐり、両手で一葉の頬から耳、首筋を撫でると、それだけで恋人の身体はくったりと力を失った。唇を離すと、一葉が体重を預けてくる。

「仁科に触られると、それだけで身体変わっちゃうんだよ…なんかこう…」

ふうっと息をついて見上げてくる目がもう潤んでいる。

「俺ってもしかしてゲイだったのかなって疑ったこともあるんだけど、仁科以外のどんなイケメン見てもなんともないんだよ。仁科ってなんか色っぽいっていうか……仁科に触られると俺の中にあるスイッチが反応しちゃうっていうか…」

話している一葉の服を丁寧に脱がす。シャツのボタンを外していると、一葉もセーターをたくしあげてきて、素直に手を上げて脱がされるのに協力した。部屋は暑いほど暖房が入っていて、濡れた服を脱いでしまったほうが暖かい。

一葉の首のチェーンに触れると、一葉も仁科のリングに触れた。いつのころからか、セックスする前に互いの首にある指輪に触れるのが習慣になっていた。

「どう思う？」

お互いの上をそれぞれ脱がせ、一葉が真面目に訊いた。

「どう思うって、なにが？」

「俺、なんで仁科に触られると自動的にエロい気分になるんだろ」

大真面目に首を傾げられて苦笑した。

「それは俺がそういう目でいちはを見て触ってるからじゃないのか」

それより、髪を短くしたせいで露わになった一葉の首筋が気になる。鎖骨のくぼみ、その下のほの赤い乳首。指輪のついたプラチナのチェーンが、一葉の素肌によく映える。

「それにさ、仁科に口説かれるまで、俺、男とどうとか考えたこともなかったんだよ。っていうか、それなのになんであのとき、あんな簡単に寝ちゃったんだろ」

今さらそんなことを不思議がられても困る。

「手袋みたいなんだよな、仁科」

一葉の指先が、仁科の唇に触れた。

「こう、ぴたっと嵌る感じ」

身体の相性というのはある。

でも一葉との間にあるのは、それ以上の何かだ。少しかがんでもう一度口づけると、一葉の腕が首に回ってきた。

「話、あとにしてもいい？」

なにもかもあとだ、と出しっぱなしにしていたシャワーを止めると、一緒にベッドに倒れこんだ。湿った素肌が直接合わさり、一葉がため息をついた。

「仁科……」

下着ごとジーンズを脱いで床に放ると、仁科は一度身体をひいて、上から一葉をゆっくり眺めた。指先で喉から鎖骨、胸、乳首と辿っていく。一葉がその指を握った。

目で促され、かがみこんで口づけた。今度は舌で喉から鎖骨を辿る。

「ん――」

鼻にかかった甘い息に誘われて、小さな粒を舐めた。一葉は本当に反応がいい。快感に素直で、声も表情もたまらなくそそる。相手が一葉だからそそる。

「仁科……っ、あ、あ……」

舌で乳首を押しつぶし、軽く吸いあげると一葉が泣き声をたてた。片手で反対側の粒を撫でるとたちまち固くなった。

「あ、あ――……っ、……っ」

口を拳でふさいで耐えている。穿いているジョガーパンツの前が固くなっていて、当たっている腰のところでゆるく刺激すると、身体をよじった。脱がせたいが、脱がせるのがもったいない。

「……仁科」

「ん？」

指先でひっかけて少し下げ、そこで止めると一葉が薄く目を開いた。

「脱がせてよ」

もう少し楽しみたかったのに、一葉の湿った声で囁かれるとだめだった。半開きの唇から濡れた舌が見える。

「脱がせて、仁科」

一葉に煽(あお)るつもりなどないのはわかっている。でも舌足らずな声にかっと頭の中が熱くなった。

「いちは」

そして全裸で絡まり合うと、理性など一瞬で霧散(むさん)する。

「仁科——……ん……」

一葉と出会う前、仁科にとってセックスは食事や排泄(はいせつ)と同じヘルスケアのカテゴリーに入っていた。心身の健康のために条件の合う相手と定期的に愉(たの)しむ行為は、スポーツとさして変わらない。相性のいいセックスパートナーを常に複数確保していたのも、ただスケジュール調整を楽にしたかったからだ。

特別な感情はなかったが、だからこそ相手に思いやりを持てた。

若いのに無茶しないし優しいよね——とよく言われたが、受け入れる側のほうが負担が大きいのはわかりきっている。一緒に愉しめるように努力するのは当然のことだ。一番のプライバシーを共有してくれる相手に対する礼儀でもある。

それなのに、一葉にだけは我慢がきかない。

「仁科、――」

一葉の全部を自分のものにしたい。嫌がってもそうしたい。

普段は可能な限り一葉を大切にしているつもりなのに、セックスになるとまるでだめだ。

「一葉、足開いて。もっと。もっと」

そして一葉はベッドではとても寛容だ。仁科のわがままをぜんぶ受け入れてくれる。

「――」

足を開かせ、決して他人には見せないプライベートな場所を暴く。自分にだけは見せてほしい。許してほしい。

「――ぅあ……っ、はあ……あ、あ」

一葉の性感帯も、どうされるのが好きなのかも、仁科は知り尽くしている。快感に震える声に興奮をかきたてられて、思うさま貪った。

「仁科、仁科――ま…って、待って」

切羽詰まった声がして、髪をきつく摑まれた。一葉の足の間から顔を上げると、息も絶え絶えの一葉と目が合った。涙で頬が濡れている。

「イッて、いいよ」

「やだ」

　一葉が睨んだ。

「そ、うやって、いっつも…俺ばっかりいかせて……」

　睨んでも、目元が赤くなっていてものすごく可愛い。

「でも気持ちいいんだろ？」

　胸が詰まるほど可愛いのに、意地悪くなってしまうのはどういう心理なんだろう――一葉が恨みがましく眉を寄せた。

「一葉がいくとこ見るの好きなんだ」

　足を持ち上げて膝の裏に口づける。一葉がびくっと背中を反らした。静脈の浮いたそこは一葉の性感帯だ。

「や、や、……っあ、…」

　ダイレクトな性感帯より、こういう場所をゆるく刺激されるほうが反応が激しい。もどかしい快感に炙られて、一葉が首を振り、顔を覆った。

「いちは、手」

「やだ」

「顔見せてて」

「……もう」

横を向いたが、結局一葉は言われたとおり手を外した。頬がさらに赤くなり、睫毛がぐっしょりと濡れている。

「可愛い」

手をのばして、一葉の髪に触れると、ぎゅっと目を閉じた。涙がほろっと頬を流れる。

「…な、にしな…」

キスしてほしい、と目で訴えられて、たまらなくなった。口づけると、すぐに情熱的な舌が絡んできて、夢中でキスをした。

息が苦しくなって唇を離すと、一葉が追いかけるようにまた口づけてきた。

「好き、仁科…」

何度聞いても、一葉に好きだと言われると感動する。

「仁科、仁科、すき、……」

快感に打ちのめされて舌がまわらず、言葉がたどたどしい。

「う、――ん……っ」

もう一度足を持ち上げて、今度はふくらはぎの裏を指で撫でる。一葉の喉が艶めかしく動いた。

「そういうの、も……」

半開きの唇から濡れた舌が見える。指を咥えさせると、口の中に吸い込まれた。

「いちは」

欲望が際限なく湧き上がる。

「いちは、いちは……」

両足を持ち上げて折り畳み、なにもかもさらけ出させた。

「あ、あ……仁科——…」

濡れた性器を手で包み、親指の腹で裏筋を撫でた。一葉が息を呑んだ。

「——」

とっくに限界近くまできていた一葉は、仁科の手の中であっけなく達した。

射精の瞬間、一葉はぎゅっと目を閉じ、痛みをこらえるように眉を寄せた。紅潮した頬や汗で湿った額、喉がひくりと動いて、それから徐々に脱力していく。仁科は一葉の瞼に口づけた。

「——はあ、……っ」

一葉が細く息を吐く。

腹に飛び散った精液が滴って一葉の腿に垂れた。濃い精液の匂いに興奮が募る。

「いちは」

「ん」

気怠く目を開き、一葉がわずかに微笑んだ。まだ胸が大きく上下している。

「もう、する？　…しよう」

手を差し伸べられて、一葉の上に重なった。キスを交わし、ごく自然に一葉の足が腰に絡んでくる。いろんなもので濡れた身体を密着させて、その感触を愉しんだ。

「俺がする」

散らばった服のポケットからゴムを出していると、一葉が手を差し出した。

「つけたげるよ」

器用な指がパッケージを破り、薄い膜をかぶせてくれる。そうしながら何度もキスをして、一葉がゆっくり体重をかけてきた。

「上で？」

耳元で訊かれて、仰向けになった仁科に、一葉がまたがった。後ろ手で導き、膝で角度を調整しながら腰を落とす。一葉の顎が上がり、ぬめった感触がして、熱く締めつけられた。

「──あ、──」

一葉が甘い声を洩らした。ゆるくのけぞった身体が、下から眺めると最高にいやらしい。軽く突き上げると、一葉が完全に腰を落とした。

「あ、あ、あ……ッ」

小刻みに腰を動かして、快感を味わっている。たまらなく気持ちがいい。恋人と興奮と快楽を共有して、溺れる。

「いちは、――」

腰を支えてやり、一葉が自由に動けるように助けながら、仁科も夢中になった。

「――ん、…っ、はあ、……っ、仁科、は……っい、い……」

徐々に早くなる動きに、汗が流れる。

「仁科、も……う、無理……っ」

一葉が懇願するように仁科の手を握った。あと少しのところで止められて、かっと腹の奥が熱くなった。

「あ」

一葉の腰をホールドしていったん離れ、勢いをつけて身体を入れ替えた。一葉の背中をシーツに押しつけて、両ひざを開かせる。

こうなってしまうと、もう手加減できない。

「――ッ、は……っ」

一息に奥まで入ると、一葉は縋っていた肩に爪を立てた。甘い快感に、引っかかれた痛みがスパイスのように利く。仁科はぎゅっと目を閉じた。

「しな、…に、仁科…っ」

恋人が名前を呼んでくれる。

「智之」

ふいに下の名前を呼ばれた。

はっとしたが、一葉もなぜ急に自分がその名前を口にしたのかわからない様子で目を見開いている。

「智之……」

一葉がなにかを確かめるようにもう一度呼んだ。

「智之」

一葉の指が仁科の唇に触れた。智之。

ずっとよそよそしかった自分の名前が、たったそれだけでしっくりと馴染んだ。仁科智之。俺の名前だ。

「うん」

「智之……、もう、いきそう……っ」

「いちは」

一葉の両足が腰を強く挟んだ。腕が背中に回ってくる。深く穿つと、喜びが背筋を駆け抜けた。

「いちは……」

夢中で求め合って、気づくと一葉が腕の中ではあはあ息を切らしていた。

「いちは…だいじょうぶか」

汗で濡れた髪を撫で、どこか痛いところはないかと確認した。

「痛いのは智之のほうだろ。ごめん」

肩や腕に引っ掻かれた痕がある。

それより「智之」という呼びかたに改めてどきりとした。

「名前呼ばれるの、やっぱり嫌？」

一葉が遠慮がちに訊いた。

「なんか、急に名前呼びたくなって」

「嫌じゃない」

気恥ずかしいが、でもやっと自分の名前が手に入ったというような、不思議な満足感があった。

「智之」

一葉が試すように呼んだ。返事の代わりに一葉の唇にキスをすると、くすぐったそうに笑う。

「俺ね、もう女の人とはこういうことできないと思うんだ」

一葉が仁科の腕のあたりを触りながら、打ち明けるように言った。セックスの余韻が声に残っている。

「でも仁科以外の男とも絶対セックスできない」

「俺もだよ」

「でも仁科、俺と別れたあと恋人つくってたじゃん」

一葉が恨みがましい目つきになった。半分は冗談だが、半分は本気だ。

「それは、いちはを忘れたくて」

「俺だって仁科のこと吹っ切ろうとしたよ。けどだめだった。俺は一生一人かもしれないって覚悟してたんだから」

再びつき合うようになってすぐのときも同じような会話をした。一葉のほうから離れて行ったのだから、責められる筋合いはないはずだし、結局はどうしても一葉を忘れられないということがわかっただけだった。

「俺も同じだ」

セックスはヘルスケアのカテゴリーではなく、愛の行為だと、一葉と出会って知ってしまった。

それよりも、と仁科は一葉の手を握った。

「名前」

「ん？」

「仁科じゃなくて」

習慣の力は大きいのか、一葉はまた「仁科」と呼んだ。一瞬きょとんとしたが、一葉はすぐに気づいて、ああ、と笑った。

「『智之』？」

「うん」

「なんだよ名前で呼ばれるの苦手とか言ってたくせに」

おかしそうに言いながら、一葉は指を絡ませてきた。

「でさ。俺はもう、智之以外とこういうことできなくなっちゃったんだし、責任とってもらうね」

「それはもう」

「じゃあさ、いつか家建てよう」

言われた意味がわかるのに、少しかかった。

「家？」

「そう。俺と智之の家。設計は俺がやります。土地は一緒に探そう。今住んでるとこ場所がいいから、あのへんのエリアで。どうせ智之はこれからもずっとあっちこっち仕事で飛び回るんだろうけど、帰ってくるのは俺たちの家ね。それで施工は…、うちの工務店に依頼しよう。そのときはさすがに訊かれると思うから、智之は俺のパートナーだって言うよ」

まだ先の話だけど、とつけ加えて、一葉がふうっと息をついた。

「そんで、そのうち智之、俺のこと探さなくなるよ。俺たちの家ができたら」

眠くなってきたらしく、語尾があいまいに溶けていく。

「探さなくてもずっと……」

体力の限界、というように、ふっと瞼が落ちた。仁科は一葉の手を取った。

「いちは」

胸を満たしていく感情に、正確な言葉をあてはめられなかった。

ただ長い時間、仁科は恋人の手に口づけていた。

5

スタッドレスタイヤが地面を擦る音で目を覚ました。

今朝は探すまでもなく一葉は仁科の腕の中で健康的な寝息を立てている。カーテンの隙間から朝の光が差し込んで、ゆうべの雪はやんだようだ。一葉を起こさないように、仁科はそうっとベッドを出て窓辺に寄った。カーテンの隙間から下を覗くと、優がエントランスに横づけしたレンタカーに荷物を積み込んでいるところだった。

「優」

迷ったが、次に会えるのはいつになるかわからない、と仁科はエントランスに下りた。玄関ドアがストッパーで開けっ放しになっていて、ホールはひんやりとしていた。

「あ、起きたんだ。おはよ」

入ってきた優は昨日のことなど忘れたように快活に挨拶(あいさつ)した。

「もう行くのか？」

「うん。雪すげー積もってたらやだなと思ったけど、大丈夫だった」

「あの、…昨日は悪かった」

一葉は謝りたくないと言っていたが、仁科には優との楽しい記憶も残っている。

コートに袖(そで)を通しながら、優は少し黙っていた。

「彼氏、けっこう口悪いんだね。びっくりした」

ぼそっと言って、優は仁科のほうを向いた。

「キッチン片づけてないから」

「あ、ああ」

コートのジッパーを首元まで上げると、優はふっと笑った。

「じゃあね」

「ああ、また」

優を見送るためにエントランスを出て、ふと見上げると、一葉が窓から身を乗り出すようにしてこっちを見ていた。つられたように優も二階に目をやって、一葉に気づいた。

一葉が会釈(えしゃく)して窓から消えた。

「いい人じゃん」

優が眩しそうに目を細めた。

「うん」

少しして階段を駆け下りてくる足音がした。

「優さん」

一葉が息を切らせてエントランスまで出てきた。

「昨日はすみませんでした。言いすぎました」

慌てたように一息に言って、一葉は優に頭を下げた。

「いや」

優が鼻白んで口ごもった。

「こっちこそ。——よかったら昨日紹介したお店、智之と行ってみてよ」

「はい」

「気をつけて」

運転席に乗り込む優を二人で見送る。

「それ、ペアリング?」

「え?」

ドアを閉める前に、優がからかうように言った。

「あ」

起きたまま上着だけ引っかけて出てきたので、仁科も一葉も首元からネックチェーンが飛び出していた。

「ま、末永く仲良くね」

思わず顔を見合わせ盛大に照れた二人に、優が肩をすくめた。

車が敷地から出ていくのを見届けて、またお互いのネックチェーンに目をやって照れ笑いをした。

「風邪ひく。入ろう」

一葉のネックチェーンをルームウェアの中に入れてやり、ついでに肩をさすった。

一緒に中に入って、キッチン片づけてないからね、と言われたことを思い出して、仁科は二階に上がる前にちらっと食堂のほうを見た。

「あれ」

仁科の前に一葉が気づいて声をあげた。

「雪ダルマだ」

掃き出し窓のすぐ外に、雪ダルマがちょこんと置いてあった。昨日つくりかけて結局そのままにした雪玉が二つくっついて、枝の手と小石の目もちゃんとある。

「優さんが作ってってたんだ」

一葉が目を丸くして掃き出し窓を開けた。裏庭の雪はまだ残っていて、雪ダルマもきれいな形を保(たも)っている。

「なんか、可愛い」

一葉がしゃがんで雪ダルマの手の枝をちょんと触った。仁科もその横にしゃがんだ。

「いちは」

「うん？」

いちはを見ていると、あのとき雪ダルマの目玉に使った木の実を連想する。

どこからか落ちて来た、艶々(つやつや)の木の実。

「ずっと大事にする」

「うん」

一葉が微笑んだ。


二人で作った雪ダルマの前で、仁科は恋人にキスをした。

あとがき

AFTERWORD

―安西リカ―

こんにちは、安西リカです。

このたびディアプラス文庫さんから十九冊目の文庫を出していただけることになりました。地味だ地味だと嘆きながらもここまでやってこれたのは、ひとえにいつも応援してくださる読者さまのおかげです。本当にありがたく、感謝の気持ちでいっぱいです。

今回は記憶喪失がテーマの一つなのですが、なんというか、創作の世界ではメジャーで、かつドラマチックの代名詞のような題材なのに、やっぱりなんだか地味じゃない……？　という仕上がりになってしまいました。地味なのは通常運転ということで、もうひとつのテーマであるささやかな再会話として読んでいただけたら嬉しいです。

イラストは尾賀トモ先生にお願いすることができました。

一葉と仁科はもちろんですが、はちみつ（犬）まで可愛く描いてくださって大感激しました。尾賀先生、お忙しい中、お引き受けくださってありがとうございます。またいつかご縁がありますように……！

このあとさらに掌篇がございますので、そちらもおつき合いくださいましたら嬉しいです。

安西リカ

一緒に散歩を

コートハウスから歩いて十分ほどのところに、ゆったりとした二級河川(かせん)が流れている。土手を下りると植え込みのきれいな遊歩道が続いていて、そこがはちみつのお気に入りのお散歩コースだ。

その日もはちみつを散歩に連れ出し、一葉(かずは)は川面からの春風を楽しみながら、尻尾(しっぽ)ふりふり上機嫌で歩くはちみつのお尻を微笑(ほほえ)ましく眺めていた。

早朝で、ランニングやウォーキングをする人たちとときおりすれ違う。何度か見かけたことがある人だな、と思うと、向こうもはちみつに「おはよう」と声をかけてくれたりして、そのたびにはちみつも大きく尻尾を振っていた。

人見知りのくせに構ってもらいたがりの愛犬は、もうすぐ十歳の誕生日を迎える。仁科(にしな)の主張ではもうシニアの年齢にさしかかっているということだが、まったくそんなふうには見えない。

「こらこら」

植え込みに投げ捨てられたお菓子の包みをめざとく見つけてふんふん匂いをかいでいるので「だめ」と声をかけて空き袋を拾い、不満げに鼻を鳴らしているはちみつの頭を撫でて気を逸(そ)

らせた。はちみつは未練がましく一葉が拾った空き袋の匂いを嗅ごうとしている。

「だめだって」

好奇心いっぱいの元気なはちみつをたしなめながら、一葉は「このはちみつをおじいちゃん呼ばわりするとは」とまた恋人にむっとした。

愛犬をシニアと決めつけてくる仁科と復縁をして、早いもので丸三年が過ぎた。

そのうち一緒に暮らす家を建てようと約束し合って、ゆるゆる土地探しを続けてもいる。家を建てることになれば周囲にもパートナーだと打ち明けるつもりでいるが、まだいい土地は見つからず、今のところは現状維持で過ごしていた。一葉の家族にもこれといった変化はなく、昨日もはちみつを連れて、いつものように仁科と実家に顔を出した。

そしてその帰りの車中で喧嘩になった。

「はちみつはもうおじいちゃんなんだぞ」

昨日は実家ですき焼きをして、はちみつはみんなが食べているお肉ほしさにうろうろしていた。はちみつの愛嬌いっぱいの丸い目に、家族全員弱い。

「ちょっとだけね」と母親が脂身の少ないところを選んであげたのを皮切りに、「このくらいならいいよね」「しょうがねえなぁ、はちみつは」とほんの少しずつだが肉をちぎってそれぞれはちみつにやっていた。みんなに構われ、美味しいお肉をもらえて上機嫌のはちみつに、実家に来たときくらいはいいだろう、と一葉は見逃していた。が、仁科は違った。

「はちみつ、おいで」とさりげなく自分のそばに引きつけ、仁科は帰るまではちみつを構い続けた。

一葉の家族は「仁科さんとはちみつは本当に仲良しだ」と微笑ましく見守っていたが、一葉には仁科がはちみつをガードしているのだとまるわかりだった。内心「いちははなんで肉を与える家族に抗議しないんだ」と憤慨しているのもわかってしまう。

案の定、帰りの車で文句を言われた。

「はちみつはもう十歳なんだぞ。立派なシニアだ。おじいちゃんだ。いくら犬が雑食でもあんなに肉を食わせたら胃腸に負担がかかるだろう」

「はちみつはちゃんと健康診断受けてます。どこも悪くないし、まだまだおじいちゃんじゃありませーん」

このところ、はちみつのことでいつもこの攻防が繰り広げられていた。

仁科も一葉もはちみつを愛すればこそ、「はちみつはシニア犬になったんだからそれなりに配慮すべき」VS「はちみつは元気なんだからのびのびさせてやるべき」論争は決着がつかなかった。

「お医者さんに注意されたとかならともかく、今のところなんともないのに、智之は神経質すぎ」

「気を遣って遣いすぎることはないだろ。いちは、これ見て」

家に着いてから仁科がスマホに表示させたのは「驚きのご長寿犬」というペット雑誌の記事だった。偶然目にしたのを一葉に見せるためにわざわざ写真に撮ったらしい。

「えっ、この犬二十九歳？」

得意顔の飼い主と写真に納まっている中型犬に、思わず驚きの声をあげてしまった。

ペットの寿命はどんどん伸びているが、それは飼い主の愛情と配慮のたまものだ、と記事は栄養バランスを考えたドッグフードの宣伝を添えて締めくくられていた。

「やっぱり長寿のためには胃腸が大事なんだな」

広告記事だし、どこまで信憑性があるのか怪しいものだと思ったが、仁科はすでにそのお高いドッグフードを注文していた。

「はちみつ、別にまだ胃腸弱ってるとかじゃないのに」

そのあともしつこくはちみつをおじいちゃん扱いするのでむっとして、口論したまま朝を迎えた。

馬鹿高いドッグフード食わせるより運動のほうが大事だろ、と一葉は寝ている恋人にあてつけるようにはちみつを散歩に連れ出した。

「あれ？　お兄ちゃん！」

お散歩コースは終盤にさしかかり、そろそろ帰るか、と遊歩道から土手を上がると、思いがけず妹と出くわした。華は自転車で、一葉に気づいて自転車を止めた。どうやら娘を保育園に送った帰りのようだ。はちみつがさっそく華にじゃれかかる。

「はちみつ、お散歩してたんだー、よかったねえ」

「昨日はありがとうな」

「こっちこそ。仁科さんは？」

「まだ寝てる」

「ああ、それで」

「って？」

「仁科さんがいるときはだいたい二人でお散歩してるから」

華はなにげなく言っただけのようだが、一葉は内心どきっとした。以前から、仁科との関係に気づくとしたら妹だろうな、と思っている。華は明るくおしゃべりだが、基本的におっとりしていて、あまり気が回るほうではない。それでもときどき鋭(するど)くて、驚かされることがあった。

「昨日さ、仁科さん、みんながはちみつにお肉食べさせたの怒ってたでしょ」

華がこそっと耳打ちしてきた。

「誰も気づいてなかったけど、一生懸命みんなからはちみつ引き離しててちょっとおかしかった。お兄ちゃんがみんなに注意しないって怒ってたんじゃないの？」

やっぱり鋭い。一葉の顔つきに、華が首をすくめた。

「はちみつのこと、一番大事にしてくれてるのは仁科さんかもね。次からあたしも気をつけますって謝っといて。お兄ちゃんも仁科さんと喧嘩しないでねー」

じゃあまた、と華と別れて家に向かいながら、一葉は「喧嘩しないでね」という華の一言を無意識に反芻していた。

「喧嘩、かぁ」

なんだか新鮮だ。

仁科は一葉に甘い。学生のころも、今も、ひたすら甘い。

仁科が一葉のすることに異論を唱えたのは、考えてみればこれが初めてかもしれない。喧嘩とすらいえないような攻防だが、諍いには違いない。

「――やば」

一葉ははっと顔を上げた。

寝ている仁科に何も言わず、はちみつを散歩に連れ出してしまった。仁科は置いていかれることに敏感だ。

なんとなく焦って、一葉は早足でコートハウスに戻り、家の玄関を開けた。

「ただいま」

コーヒーのいい香りが鼻孔をくすぐった。

「おかえり」

キッチンで、仁科がコーヒーを淹れていた。ぶすっとしているが、帰ってきた一葉を見て自動的に目はなごんでいる。

「なにも食べないで散歩行ったんだろ」

「うん、ごめん」

若干声が尖っていたが、一葉が謝るとすぐ機嫌を直し、さっそくじゃれついてくるはちみつを構い始めた。

「智之」

「うん?」

「ただいま」

もう一度言って背中から抱きつくと、仁科が戸惑ったように振り返った。

「ごめんな、黙って散歩行って」

謝ると、仁科は仕方なさそうに眉を上げた。

「俺が寝過ごしたんだからしょうがない。夕方は一緒に行こう」

以前、仁科はいつもいつも一葉を探していた。少しの喧嘩もしなかった。

「智之」

下の名前を呼ばれるのは苦手だと言っていた。

「なに」

「智之」

「うん」

今は名前を呼ぶと普通に返事をする。

もう必死で一葉を探さない。納得できないことがあればむっとする。

その全部が嬉しかった。

「智之、大好き」

背中に抱きついたまま言うと、一瞬目を見開いてから、仁科は正面に向きなおって一葉を抱きしめ直した。

「俺も」

照れくさそうな声は、以前と変わらない。

「でも、はちみつはおじいちゃんじゃないよ」

「シニアだ」

「違うって」

言い合いをしながらキスをしていると足元にはちみつがじゃれついてくる。

「…でも次からは肉食べさせないようにちゃんと注意します」

目だけで微笑み合って、もう一度キスをした。

この本を読んでのご意見、ご感想などをお寄せください。
安西リカ先生・尾賀トモ先生へのはげましのおたよりもお待ちしております。

〒113-0024　東京都文京区西片2-19-18　新書館
[編集部へのご意見・ご感想] ディアプラス編集部「恋をしていたころ」係
[先生方へのおたより] ディアプラス編集部気付　○○先生

- 初出 -
恋をしていたころ：小説ディアプラス2020年ハル号（Vol.77）
帰る家：書き下ろし
一緒に散歩を：書き下ろし

[こいをしていたころ]
恋をしていたころ

著者：**安西リカ** あんざい・りか

初版発行：2021年4月25日

発行所：株式会社 新書館
[編集] 〒113-0024
東京都文京区西片2-19-18　電話（03）3811-2631
[営業] 〒174-0043
東京都板橋区坂下1-22-14　電話（03）5970-3840
[URL] https://www.shinshokan.co.jp/

印刷・製本：株式会社 光邦

ISBN978-4-403-52529-2 ©Rika ANZAI 2021 Printed in Japan